Les éditions de la courte échelle inc.

Stanley Péan

Stanley Péan est né à Port-au-Prince, en Haïti, en 1966 et a grandi à Jonquière où ses parents se sont installés la même année. Depuis neuf ans, il vit à Québec où il prépare actuellement un doctorat en littérature.

Auteur de deux recueils de nouvelles et d'un roman, Stanley Péan a également publié des récits dans plusieurs revues littéraires québécoises et européennes. Il a de plus collaboré à de nombreux collectifs de nouvelles, dont *Évasion,* publié par la revue *Stop* dans sa collection destinée aux jeunes.

L'emprise de la nuit est le premier roman qu'il publie à la courte échelle.

Stanley Péan

L'emprise de la nuit

la courte échelle

Les éditions de la courte échelle inc.

Les éditions de la courte échelle inc.
5243, boul. Saint-Laurent
Montréal (Québec) H2T 1S4

Illustration de la couverture:
Israël Charney

Conception graphique:
Derome design inc.

Révision des textes:
Jean-Pierre Leroux

Dépôt légal, 3e trimestre 1993
Bibliothèque nationale du Québec

Données de catalogage avant publication (Canada)

Péan, Stanley

    L'emprise de la nuit

    (Roman+; R+ 28)

    ISBN 2-89021-203-3

    I. Titre.

PS8581.E24E56 1993   jC843'.54   C93-096711-9
PS9581.E24E56 1993
PZ23.P42Em 1993

À Pete, qui saura pourquoi

Quand vous cherchez votre frère,
vous cherchez tout le monde.

Jacques Poulin, *Volkswagen blues*

Astheure j'ai jamais peur de m'endormir
Tous mes cauchemars passent à six heures
À la télévision

Beau Dommage, *Où est passée la noce?*

Chapitre 1

Montréal m'attend

Il faisait encore nuit, à mon réveil. J'ai regardé ma radio sur la table de chevet, étonné de ne pas en avoir encore entendu la sonnerie. Les chiffres lumineux n'indiquaient que quatre heures quarante-sept. Pierre avait réglé la sonnerie pour cinq heures et quart.

— Stacey? Tu dors? m'a-t-il demandé.

— Ben non, comme tu vois…

Nous nous sommes redressés en même temps, comme un couple de nageuses synchronisées. De l'autre bout de l'appartement nous parvenaient le ronflement de la cafetière et le tintement des assiettes en porcelaine qui s'entrechoquaient.

— Je pense que ta mère est debout…

Seul le contraire m'aurait surpris. Même les jours de congé, maman était extrêmement matinale. Levée bien avant le soleil, elle allait à la salle à manger, mettait la table et faisait du café. Le premier de la journée, elle le buvait au salon devant la télé, en lisant les nouvelles qui défilaient sur la chaîne de la presse électronique. Elle avait de plus le sommeil si léger qu'on aurait dit qu'elle ne dormait jamais vraiment. Sans doute était-ce normal pour une femme qui venait d'un pays où, à n'importe quelle heure de la nuit, des inconnus pouvaient entrer chez vous et vous emmener…

Pierre et moi avons rabattu les couvertures pour nous lever. Ça faisait drôle de voir Pierre dans le pyjama de Yannick, un rien trop ample pour lui. Il se glissait dans les vêtements et le lit de mon frère aussi aisément que s'il avait été Yannick. À vrai dire, malgré sa peau couleur de lait et son accent couleur de bleuet, je considérais Pierre comme un deuxième frère, rien de moins. Et vice-versa, il va sans dire.

— Déjà réveillés, les garçons? a remarqué ma mère, entre deux gorgées de son *espresso.* Dites donc, vous avez vraiment peur de le rater, ce train!

Maman avait sans doute raison: c'était l'anxiété qui nous avait tirés du sommeil de si bonne heure. Ça faisait plus d'un mois qu'on rêvait de ce séjour à Montréal. Depuis le début des vacances, on n'avait pas d'autre sujet de conversation. Ou presque…

Pierre avait passé les premières semaines de juin dans la déprime, à cause de Vicky Drouin, énième ajout à la longue liste de ses chagrins d'amour, tous plus pathétiques les uns que les autres. J'avais suggéré ce voyage parce que ça me fendait le coeur de voir mon meilleur copain se battre la poitrine et s'apitoyer sur son sort. Et aussi parce que j'avais hâte qu'il cesse de me rebattre les oreilles de son histoire.

— Oui, madame Bergeaud, on est un peu nerveux, a admis Pierre.

— Si ce voyage vous énerve tant, il n'est pas trop tard pour changer d'idée, a dit ma mère, sur un ton à mi-chemin entre le voeu pieux et la plaisanterie.

— Pas question! avons-nous répliqué en choeur.

Ma mère a secoué la tête. La perspective de me voir partir à l'aventure ne lui souriait guère. Depuis que je lui avais confié ce projet, elle avait tout fait pour m'en dissuader. Têtu comme une bourrique (ça, c'est *elle* qui le dit!), je n'écoute ni la terre ni le ciel quand j'ai pris une décision. Maman avait aussi observé qu'elle n'avait jamais pu faire entendre raison aux «hommes de sa vie».

Faisait-elle allusion à mon père ou à mon frère? J'ai préféré ne pas demander de précisions.

À Montréal, nous séjournerions chez un oncle de Pierre qui était policier. J'avais l'intention d'en profiter pour retrouver Yannick, dont je n'avais pas de nouvelles depuis près d'un an.

Même si maman et moi n'en avions guère parlé, je savais qu'elle aussi était inquiète pour mon frère aîné. Pour justifier son départ quatre ans plus tôt, il avait prétexté la nécessité pour un aspirant artiste peintre de se faire un nom dans la métropole. Mais elle et moi savions que Yannick n'avait pas quitté le foyer avec les meilleurs sentiments…

— Il y a sur la table de quoi vous remplir la panse. Je ne veux pas qu'on dise que je vous ai envoyés à Montréal affamés comme des malheureux!

Pierre ne s'est pas fait tirer l'oreille: il n'attendait que ce signal pour prendre son petit déjeuner. Je me suis approché de ma mère pour l'embrasser. Elle a répondu à mon baiser par un petit bec sur le front, puis elle m'a écarté de son champ de vision. «Allez, ouste, va manger! Le train ne vous attendra pas…»

J'ai fait deux pas vers la salle à manger et je me suis retourné pour regarder les lueurs bleuâtres de la télé danser sur le visage moka de ma mère.

Ça me désolait qu'elle s'asseye comme ça tous les matins devant l'écran, hypnotisée, avec dans le regard une sorte de faim. On aurait dit qu'elle espérait y lire une dépêche annonçant la remise en liberté de papa, sa délivrance improbable. J'avais beau avoir juste quinze ans, je savais que ça ne servait à rien de nourrir de faux espoirs...

J'ai haussé les épaules puis je suis passé à table.

* * *

Pierre et moi avons vérifié pour la je-ne-sais-plus-combien-tième fois si nous n'avions rien oublié. Dans les deux sacs, quelques jeans, tee-shirts, chemises et sous-vêtements; dans le mien, les livres que j'emportais; dans celui de Pierre, son polaroïd, son lecteur au laser de poche et ses disques compacts de rap dont il ne se séparait jamais.

Pierre a ajusté sa casquette selon la dernière mode de Harlem. J'ai jeté un coup d'oeil amusé sur nos reflets dans le miroir. Je n'en revenais jamais de le voir habillé à la manière des Noirs américains dans les vidéos, lui qui était plus blanc que de la craie. La contradiction frappait davantage quand il marchait à mes côtés, puisque aux yeux de bien des gens il aurait semblé plus normal de me voir, moi, accoutré de la sorte. Avec Pierre, les stéréotypes en prenaient pour leur rhume…

J'ai regardé aussi les cadres sur ma commode. La première photo me représentait, bambin, en compagnie de Yannick. Sur l'autre, plus récente, on me voyait bras dessus, bras dessous avec Pierre. Si j'ai un peu de chance, ai-je pensé, je reviendrai de Montréal avec une nouvelle photo où l'on me verra en compagnie de mes deux «frères».

Dans le stationnement de l'immeuble, ma mère attendait au volant de sa vieille Tercel. Pierre et moi avons gardé nos sacs sur nos cuisses. Ma mère nous a souri dans le rétroviseur, puis elle a démarré.

Les lueurs de l'aurore grugeaient ce qui restait de la nuit. La ville dormait encore. À cette heure, il n'y avait dans les rues que quelques camions de livraison et les voitures des journaliers matinaux. On avait encore beaucoup de temps, mais la nervosité me faisait jeter des coups d'oeil répétés sur le cadran du tableau de bord — ce qui ne manquait pas d'amuser Pierre.

À la radio, il était question d'un nouvel affrontement entre deux bandes de délinquants, des skinheads contre des Noirs, dans le nord de Montréal. C'était le quatrième incident du genre à se produire en quelques semaines, rappelait l'annonceur, et chaque bagarre avait fait au moins une victime dans l'un ou l'autre camp…

Chapeau! Ils avaient bien choisi leur moment pour évoquer cette sordide affaire! Pierre m'a lancé un regard inquiet. Maman n'a rien dit mais, dans le rétroviseur, j'ai vu ses traits se durcir. Ce qui m'ennuie dans les médias, c'est le sensationnalisme avec lequel ils traitent de ces histoires. À ce que je sache, il n'y avait pas que ça à Montréal! Parfois, les journalistes donnent l'impression d'être des vampires qui s'abreuvent de violence.

Arrivés à la gare, Pierre et moi nous sommes empressés d'acheter nos billets. Le train était déjà en gare, mais nous sommes restés dans la salle d'attente jusqu'à la dernière minute, à étirer la scène d'adieu comme dans un mélo.

Sur le quai d'embarquement, ma mère m'a serré contre elle si fort qu'elle m'a presque étranglé. Ça lui ressemblait bien, cet étalage de sentiments en public. De quoi me faire mourir de honte! Encore un peu et elle se mettait à pleurer.

— Un message pour Yannick, maman?

— Dis-lui…, a-t-elle commencé, mais elle s'est mordu la lèvre inférieure.

Puis elle a repris:

— Rien, pas de message. Je veux seulement qu'il fasse bien attention à toi!

J'ai grimacé en hochant la tête. Derrière moi, Pierre tapait du pied.

— Au revoir, madame Bergeaud, a-t-il dit en m'attirant par le col de mon blouson de cuir. Merci pour tout…

— Bon voyage, les garçons! nous a-t-elle souhaité, alors que nous remettions nos billets au contrôleur.

Maman n'est pas restée sur le quai à agiter la main. Ç'aurait été le bouquet! Après tout, nous n'étions pas dans un film.

***

Le train filait vers l'est. La joue collée contre la vitre, je regardais notre ville s'estomper au loin, comme un rêve diffus sous les rayons du soleil. À côté de moi, écouteurs fourrés dans les oreilles, Pierre écoutait son rap à s'en défoncer les tympans. Au moins, quand ses idoles gueulaient, il ne pensait pas à Vicky Drouin.

Il l'avait vraiment eue dans la peau, cette fille! Vicky n'avait pas été son premier amour, loin de là, mais elle avait été son plus intense, sans contredit. Elle avait surtout été la première fille avec qui Pierre avait fait l'amour.

Cette intimité avait d'ailleurs mis en péril notre relation. Je n'étais pas jaloux, pas tout à fait. C'est juste que Pierre et moi avions longtemps été inséparables comme deux doigts d'une main. Avec Vicky dans le décor, on se voyait de moins en moins souvent. Et quand il passait chez moi, elle l'accompagnait immanquablement.

Ça m'avait fait bizarre, cette impression de perdre mon meilleur ami. Quand il déambulait en ville avec Vicky, la main dans la main, les yeux dans les yeux et la tête dans les nuages, ça m'obligeait à prendre conscience de ma solitude. Timide, je n'étais jamais sorti *sérieusement* avec qui que ce soit. Et en dehors de Pierre, je n'avais pas de véritable ami. Alors, l'absence de Yannick se faisait sentir davantage.

J'ai sorti un bouquin de mon sac, *Romancero aux étoiles* de l'écrivain haïtien Jacques Stéphen Alexis. J'avais bien dû le lire une dizaine de fois, car c'était mon livre préféré. Mais cette édition reliée de manière artisanale avait pour moi une valeur toute particulière. Mon père l'avait offerte à Yannick pour son anniversaire. Mis à part quelques aquarelles sur les murs de ma chambre, la photo sur ma commode et quelques lettres, ce volume au papier jauni était tout ce qui me restait de l'un et de l'autre.

Je me suis replongé dans ces pages familières et, dès lors, le wagon et tout l'univers autour de moi ont commencé à disparaître...

Chapitre 2

On arrive en ville

Notre excitation a doublé à la vue des gratte-ciel. Quand le train s'est engagé au-dessus du fleuve, elle a quadruplé. Quelques minutes après, en sortant de la gare, nous avons inspiré profondément, pour emplir nos poumons de l'air métropolitain et nous assurer que nous étions bien là où nous avions rêvé d'être.

La chaleur et la faim combinées m'étourdissaient. Le casse-croûte qu'on nous avait servi dans le train était un souvenir aussi lointain que la ville d'où nous étions partis. J'ai retiré ma veste pour la glisser dans mon sac, puis Pierre m'a entraîné dans le premier fast-food de la rue Sainte-Catherine.

Après une brève attente, Pierre et moi avons placé et reçu nos commandes. Plateaux dans les mains, nous nous sommes installés près d'une vitrine, d'où nous pouvions observer le défilé agité de la foule bigarrée.

Montréal ressemblait à une fourmilière où les ouvrières allaient dans toutes les directions, selon une logique échappant à l'observateur extérieur. Dans la rue, se croisaient des hommes et femmes aux vêtements chic, des touristes et des promeneurs en bermudas, des mendiants, des jeunes de notre âge et des gens de diverses origines ethniques.

Pierre a interrompu notre conversation pour pointer le menton vers deux jeunes Noires qui venaient de prendre place à une table pas très éloignée de la nôtre. Elles parlaient créole et portaient des vêtements très sexy qui découvraient leurs corps bronzés.

— Regarde bien, je vais aller nous négocier une visite guidée du centre-ville, a dit Pierre.

Casanova du Lac s'est aussitôt mis en campagne. Marchant vers elles, il les a interpellées avec les quelques bribes de créole qu'il avait apprises de ma mère.

— Euh, allô… *bel ti médanm*! *Koman nou yé*?

L'un des avantages de ma couleur, c'est que je ne rougis jamais, mais j'ai failli passer sous la table! Les filles ont regardé Pierre d'un air stupéfait. Il a posé un pied sur un banc libre à côté d'elles et s'est lancé dans une explication sans queue ni tête que je me suis efforcé de ne pas entendre.

Moins de trois minutes plus tard, Pierre m'est revenu, la tête basse. Deux Noirs musclés, aux vêtements sombres et aux yeux masqués par des lunettes-miroirs, lui ont fait comprendre en peu de mots que ces «mesdames» n'étaient pas seules.

— Et alors, Pete, pas de guides? l'ai-je taquiné.

— Écrase, Stacey, a-t-il grommelé.

Pierre blaguait, bien sûr. Beau joueur, il n'était ni honteux ni fâché de cet échec. Comme si de rien n'était, il s'est rabattu sur ses *burgers* avec cette voracité que je lui enviais. J'admirais sa capacité de croquer dans la vie à pleines dents, d'exploiter chaque minute à son maximum. Son tempérament de fonceur contrastait avec le mien, contemplatif et réfléchi. Les deux musclés l'ont observé avec un rien de mépris, pendant quelques instants. Puis, à mon soulagement, ils ont fini par détourner la tête.

Entre deux gorgées de cola, nous avons convenu de la marche à suivre. Après le repas, Pierre laisserait sur le répondeur de son oncle un message lui annonçant notre arrivée. De mon côté, j'appellerais Yannick.

Comme il habitait dans le nord de la ville, nous n'irions le voir qu'en fin de journée, après avoir écumé les boutiques du centre-ville.

Il n'y a pas à dire, le fast-food, ça se consomme aussi vite que ça se prépare! Je m'apprêtais à jeter mes déchets à la poubelle quand Pierre m'a montré du doigt le panneau battant marqué «merci». Ensuite, il s'est fourré la tête dans l'ouverture pour crier: «Il n'y a pas de quoi.»

J'ai ramassé mon sac et j'ai déguerpi. Malgré ma honte, je me réjouissais de retrouver *mon* Pierre, cabotin à en mourir de rire! Décidément, Vicky, ma mère et la vie que nous avions quittée ce matin avaient été reléguées dans le monde lointain de l'oubli…

***

Dans la cabine téléphonique, je savourais à l'avance l'étonnement de Yannick quand il entendrait ma voix. Je n'avais pas prévu que toute la surprise serait pour moi: après trois coups de sonnerie, un standardiste m'a demandé quel numéro je désirais. J'ai vérifié dans mon carnet d'adresses et lui ai donné le numéro que j'étais certain d'avoir composé correctement.

Après avoir tapoté un long moment sur son clavier d'ordinateur, le téléphoniste m'a annoncé qu'il n'y avait plus d'abonné à ce numéro. Je lui ai demandé de vérifier si, dans l'annuaire, figurait une inscription au nom de mon frère. Encore le cliquetis des touches, puis une réponse pas du tout satisfaisante.

— Autre chose? s'est enquis le standardiste.

— Non, c'est tout, ai-je répondu, déboussolé. Merci quand même.

J'ai raccroché.

— Des problèmes?

— Je ne sais pas quoi penser. Aucun Yannick Bergeaud dans le bottin, ni à l'adresse que j'ai dans mon calepin, ni ailleurs….

Un soupçon d'angoisse a dû transparaître sur mon visage. Pierre a posé la main sur mon épaule en s'efforçant de sourire.

— Ne t'énerve pas pour rien. Peut-être que ton frère vit avec quelqu'un et que le téléphone est au nom de son coloc…

— Tu crois?

— Sûr! De toute façon, tu as l'adresse.

On ira directement au début de la soirée, sans l'avertir. Toi qui voulais le surprendre, tu pourras difficilement faire mieux…

***

Nous avons erré de magasins de disques en librairies, comme deux gamins émerveillés, laissés libres dans l'entrepôt du père Noël. À la fin de l'après-midi, nous sommes montés dans un autobus. Je me suis écrasé sur la banquette arrière: avec tous les livres que j'avais achetés, mes bagages semblaient peser une tonne. Une vieille Noire assise devant nous m'a salué d'un hochement de tête et je lui ai rendu la politesse. L'autobus a émis un rugissement de fauve, puis il s'est engagé dans la circulation de dix-sept heures trente.

De l'arrêt d'autobus, il faut marcher sur une distance de quelques pâtés de maisons avant d'arriver chez l'oncle Bertrand. Sur le plan du petit guide touristique que ma mère m'avait obligé à prendre, ça semblait beaucoup moins loin. Croulant sous mon fardeau, j'avais l'impression qu'à mesure que nous avancions, des immeubles s'ajoutaient entre notre destination et nous.

Nous sommes finalement entrés grâce à la clé sous le paillasson. L'appartement était désert mais, de toute évidence, son oncle avait eu son message. Sur un bloc-notes aimanté posé sur la porte du frigo, il avait griffonné ce mot au style télégraphique: *Bienvenue en ville, les gars. Retenu au poste. Sauce et pâtes fraîches dans fridge. À plus tard, Bert.*

Célibataire, l'oncle Bertrand habitait un luxueux six pièces dans un immeuble presque neuf. Nous avons mis nos sacs dans la chambre d'amis, puis nous sommes revenus dans la salle à manger. Après les *linguine* nappés de sauce aux palourdes, j'ai ressorti mon guide pour trouver le chemin le plus court conduisant chez Yannick.

Une fois les couverts rincés et rangés dans le lave-vaisselle, Pierre a rédigé une note à l'attention de notre hôte, puis nous sommes partis en direction du métro.

À l'ouest, le soleil disparaissait derrière le Mont-Royal; une brise frisquette succédait à la chaleur torride de l'après-midi. Réunis autour de quelques bouteilles de bière importée ou d'eau Perrier, les clients d'une terrasse riaient fort. Un groupe de jeunes de notre âge, gants de baseball aux poings, s'en allaient gaiement vers le terrain à deux pas de là.

— C'est bizarre, a dit Pierre, après un moment de marche en silence.

— Quoi?

— Tu n'as pas remarqué? Dans la rue, presque tous les Noirs qu'on a croisés t'ont salué d'un signe de tête…

Bien sûr, j'avais remarqué et j'avais répondu à ces salutations par réflexe, sans me poser de questions. J'imaginais qu'il s'agissait d'un signe de fraternité, de reconnaissance d'une appartenance commune. Au Lac, évidemment, ça ne m'était pratiquement jamais arrivé, ma mère et moi étant les seuls Noirs de la ville. Ça m'embêtait un peu que Pierre m'interroge là-dessus. J'avais peur qu'il ne se sente exclu…

J'en étais là dans mes réflexions quand des graffiti ont attiré mon attention. Sur le flanc d'une boîte à ordures collée contre la station de métro, on avait écrit en caractères rouge sang: LES VLINBINDINGUES RÈGNENT!

J'ai frémi.

— Qu'est-ce qu'il y a? m'a demandé Pierre.

— Juste un mauvais souvenir. En Haïti, les vlinbindingues sont les membres d'une société secrète de bandits qui se réunissent la nuit pour faire du mal aux gens qui s'aventurent seuls dans les rues désertes...

Pierre a arqué un sourcil. Je comprenais sans peine que pour quelqu'un de l'arrière-pays québécois, certains aspects de la culture haïtienne ressemblent à du merveilleux. Ayant vécu plus de la moitié de mon existence ici, je n'étais moi-même pas toujours certain d'avoir une bonne compréhension de mon pays natal. C'était peut-être la raison pour laquelle je n'avais jamais rien dit à Pierre au sujet de papa.

Nous n'avons pas attendu le métro très longtemps. Une fois à bord, Pierre s'est amusé à comparer ce train à celui dans lequel nous avions voyagé. Deux stations plus loin, une demi-douzaine de jeunes Blancs aux crânes rasés sont montés dans le wagon.

Le plus vieux, apparemment le chef, était vêtu en agent de la Gestapo: lunettes teintées, pantalon, imperméable, bottes, gants et casquette en cuir noir, ornés de l'emblème nazi. Les autres portaient des chemises à carreaux, des pantalons ballons noirs, retenus par des bretelles rouges, et des bottes de travail noires aux pointes renforcées. Nous nous sommes tus, reconnaissant l'uniforme: des skins!

Pendant quelques instants, j'ai voulu croire qu'il était inutile de me faire du mauvais sang. Quand ils ont commencé à se moquer des vêtements de Pierre, j'ai continué de penser que rien de grave ne pouvait arriver.

L'un d'entre eux est alors venu s'asseoir sur le siège en face du mien et le reste de la bande nous a encerclés comme une meute de hyènes. Leur chef est demeuré en retrait, impassible derrière ses verres fumés. Il n'y avait que trois ou quatre autres passagers dans le wagon; ils faisaient tous semblant de ne rien entendre, de ne rien voir. J'essayais de ne pas le laisser paraître, mais je tremblais dans mes pantalons. J'arborais un sourire crispé alors que mon vis-à-vis se mettait à palper le cuir de ma veste.

— T'as une belle veste, négro. Tu l'as volée où?

Je n'ai rien répondu, j'ai continué à sourire bêtement.

— Heille, les gars, ne faites pas les chiens…, a lancé Pierre, mais un des voyous a dégainé un couteau à cran d'arrêt.

— Traite-nous jamais de chiens, mon bonhomme, l'a-t-il averti en agitant la lame près de son visage. Tu devrais avoir honte de ta manière de t'habiller. Tu vaux pas mieux qu'eux autres. Encore un mot et je te coupe la langue.

— Il l'a peut-être pas volée, sa veste, a suggéré un troisième. Sa famille est peut-être riche…

— C'est vrai, négro? Ton père est avocat ou médecin?

— Dentiste, je dirais plutôt, à voir ses belles dents!

— Il a vraiment un beau sourire, tu trouves pas, Joss? a fait un autre encore, mais j'avais tellement peur que je ne savais plus lequel. Des belles dents blanches bien brossées. Un vrai Eddie Murphy!

— Si tu veux, on peut te le figer, ton sourire, a ajouté celui au couteau. On te l'agrandirait jusqu'aux oreilles de chaque côté de la bouche…

À ce moment, leur chef a esquissé un sourire mauvais.

— Écoutez, les gars, on ne veut pas de problèmes, a dit Pierre.

— Toi, on t'a déjà dit de la fermer, lui a crié mon vis-à-vis, le dénommé Joss, avant de se tourner vers moi de nouveau. Là, tu vas m'enlever ça, cette veste volée, puis me la donner tout de suite, sinon…

J'ai fait signe à Pierre de laisser tomber, puis j'ai enlevé mon blouson. J'anticipais avec agacement les récriminations de ma mère qui l'avait payé très cher. C'était dégradant. Je ne m'étais jamais perçu comme un héros, mais tant pis: on ne discute pas avec une lame bien affilée, si on tient à sa peau plus qu'à son cuir...

Ils sont descendus à la station suivante, en émettant quelques commentaires sur notre lâcheté, à Pierre et à moi.

Ballottés par le roulis du métro, ni Pierre ni moi n'avons dit un mot du reste du trajet.

Chapitre 3

Une sorte de bleu

À notre sortie du métro, la nuit s'était répandue dans le ciel comme de l'encre sur un buvard. Bientôt, elle aurait fini d'engloutir les dernières lueurs du couchant, jetant une cape d'ombre sur Montréal.

L'idée de nous trouver la nuit dans les rues d'une partie de la ville qui était étrangère ne nous souriait pas. Nous avons accéléré.

L'adresse dans mon calepin correspondait à un immeuble trapu en briques émiettées.

Rien à voir avec l'appartement d'où nous arrivions, mais qui s'en serait étonné? Tout ce quartier, avec ses rues dénuées de vert et ses pitoyables immeubles, ressemblait si peu au voisinage chic de l'oncle Bertrand qu'on aurait dit que nous étions passés dans un autre monde.

Une odeur de renfermé flottait dans l'air

du vestibule. Pierre a remarqué que le nom de mon frère ne figurait pas sur la boîte aux lettres du numéro 6.

— Et s'il avait déménagé? a-t-il risqué.

— Il y a une seule façon de le savoir, ai-je répondu sur un ton sec en appuyant sur la sonnette.

L'incident de tout à l'heure m'avait laissé un goût amer, mais j'étais malhonnête de diriger mon ressentiment contre Pierre. Après tout, il avait essayé de me défendre, même si ça n'avait pas servi à grand-chose. Au fond, j'en voulais aux skins de nous avoir balancé au visage comme une baffe notre différence de couleur.

La porte d'entrée s'est déverrouillée en émettant un bourdonnement.

Pierre et moi nous sommes engouffrés dans le corridor aux murs sombres, à la peinture et au plâtre fissurés, jusqu'à la porte qui s'entrouvrait. Dans l'entrebâillement, derrière la chaînette, nous pouvions voir une tranche du visage apeuré d'une femme d'âge mûr. Son teint et son accent trahissaient son origine haïtienne.

— Qu'est-ce que vous voulez?

— On cherche son frère, a dit Pierre.

Du fond de l'appartement, une voix grave

a demandé en créole qui était à la porte. La femme a jeté un coup d'oeil par-dessus son épaule, mais n'a pas répondu, préférant nous demander des précisions. Derrière elle, le ténor a réitéré sa question.

— Bergeaud, Yannick Bergeaud, ai-je dit. Dans la dernière lettre qu'il m'a envoyée, c'est écrit qu'il habite ici.

Pour appuyer mes dires, j'ai tendu l'enveloppe en question.

Avant que la dame ait pu ajouter quoi que ce soit, son mari l'avait écartée de l'entrée. C'était un petit homme bedonnant, à la peau très foncée et à l'haleine empestant l'alcool. Repoussant brutalement ma main, il a dit qu'il n'acceptait pas qu'on vienne l'importuner si tard le soir. Peu importe ce que nous vendions, il n'en voulait pas. Et si nous ne partions pas sur-le-champ, il appellerait la police.

Sur ce, il a claqué la porte.

Nous sommes demeurés un instant bouche bée avant de nous résigner à rebrousser chemin.

— Sympathique, a commenté Pierre dans le hall.

— Attendez, a fait une voix féminine, tout bas.

Je me suis retourné, surpris de voir la locataire du numéro 6 se presser sur la pointe des pieds jusqu'à nous.

— Il faut excuser mon mari. Depuis qu'on l'a congédié de l'usine, il est de très mauvais poil, a-t-elle chuchoté. Écoute, je me souviens de ton frère, Bergeaud, un beau garçon au talent fou. Il habitait notre appartement et le propriétaire l'a expulsé parce qu'il devait cinq mois de loyer. Je l'ai rencontré une fois, il était venu chercher des affaires qu'il avait oubliées, des pinceaux et du papier.

En parlant, elle ne cessait de regarder craintivement vers la porte de son logis qu'elle avait laissée entrouverte.

— Et vous ne savez pas où je pourrais le trouver?

— Le bon Dieu seul sait où ton frère est rendu aujourd'hui, a soupiré la dame. Mais il me semble que ma nièce l'a aperçu parmi les jeunes qui logent dans l'entrepôt désaffecté, à quelques rues d'ici. Tu ne comptes pas y aller avec lui, j'espère? a-t-elle continué en pointant le doigt vers Pierre.

— Bien sûr, pourquoi pas?

— Parce qu'on dit que l'entrepôt sert de repaire aux vlinbindingues…

***

Pour se rendre à cet entrepôt, il fallait traverser un terrain vague qui s'était transformé en dépotoir. De jour, nous aurions enjambé cette distance sans sourciller. Mais à cette heure de la nuit, les carcasses de voitures et autres ruines qui jonchaient le sol avaient l'allure de squelettes de dinosaures. Avec les lumières scintillantes du centre-ville et le phare giratoire de la place Ville-Marie, on se serait crus en plein milieu d'un paysage apocalyptique.

Bien sûr, nous aurions pu contourner le terrain, mais cela aurait allongé inutilement notre trajet, en plus de nous obliger à emprunter des ruelles pas plus rassurantes. Même si nous n'y avions fait aucune allusion, Pierre et moi n'avions pas oublié que l'affrontement sanglant dont on avait parlé à la radio ce matin avait eu lieu pas très loin d'ici...

Le vieil entrepôt lui-même nous offrait un visage pas plus invitant que le reste du décor. Décrépi au point qu'il était étonnant qu'il soit encore debout, il comprenait deux étages de briques émiettées, de tôle rouillée et de bois pourri. Ses fenêtres étaient soit brisées, soit obturées par des planches de contre-plaqué. On comprenait que la bâtisse puisse constituer le repaire idéal pour des hors-la-loi.

«Mais quel rapport entre Yannick et ces vlinbindingues?» me demandais-je. Un frisson m'a parcouru l'échine et, même si je voulais le croire, je savais qu'il n'était dû ni à la brise, ni au fait que je n'avais plus de veste…

— Décidément, pour un artiste, ton frère a une fixation aux endroits lugubres, a ironisé mon compagnon.

— Écrase, Pete!

J'avais parlé sèchement, sous l'emprise de ma colère réprimée. Graduellement, cette agressivité sourde cédait la place à l'angoisse. Sans un mot, Pierre et moi avons fait le tour de l'entrepôt pour finalement découvrir une porte qui n'était pas cadenassée. Pierre l'a poussée, puis s'est tourné vers moi, attendant de voir ce que j'allais décider.

— Tu crois que c'est prudent? Je veux dire, il est tard…

— Tu veux retrouver ton frère, oui ou non?

Son ton était dur, plein de défi. Il me

rendait la monnaie de ma pièce. Il s'est enfoncé dans l'obscurité de l'entrepôt et ne s'est même pas retourné pour s'assurer que je suivais. Prenant mon courage à deux mains, je me suis engagé derrière lui. En tâtonnant le long du mur, Pierre a trouvé un commutateur, qui, hélas, ne fonctionnait pas.

Il nous a fallu un certain temps pour nous accoutumer à la pénombre. D'un pas mal assuré, Pierre et moi avons marché entre des allées de caisses en bois empilées les unes sur les autres qui formaient un véritable labyrinthe. Une pellicule de poussière bleuâtre enrobait les vieilles caisses et s'étendait sur le plancher. Des relents de moisissure rendaient le silence encore plus oppressant.

— Yannick, c'est moi, Stacey! ai-je crié pour effrayer les monstres qui nous guettaient peut-être dans le noir.

Tour à tour, Pierre et moi avons appelé à plusieurs reprises, en vain. Nous nous sommes aventurés plus profondément dans les entrailles de l'entrepôt, tels deux Jonas dans la même baleine. Plus nous avancions et moins la démarche de Pierre semblait décidée; c'est à croire qu'il commençait à regretter son initiative. Soudain, il a perdu pied et a failli se casser la figure sur le coin d'une caisse.

— Christ! a fait Pierre en trébuchant.

Par chance, il a réussi à rattraper son équilibre. Il s'est penché vers l'objet sur lequel il avait glissé. Un oeil de vitre! Je n'en avais jamais vu de semblable: sur le globe de verre dépoli était montée une pupille fluorescente en cristal bleu-vert, composée d'une multitude de facettes miroitantes comme l'oeil d'une mouche.

Pierre a ramassé l'oeil. Du coup, une étrange nuée de poussière bleue s'est élevée, a virevolté autour de nous.

— Je pense qu'on ferait mieux de sortir, ai-je suggéré.

— Heille, c'est vraiment spécial, s'est extasié mon ami.

— Laisse tomber, je veux m'en aller.

Sans m'écouter, il a fermé un oeil et collé l'autre contre le mystérieux globe et il m'a regardé à travers ce filtre.

— Wôw, je te vois en couleurs psychédéliques!

— Pierre, s'il te plaît!

— Correct, on s'en va...

Il avait tort.

Juste à le voir tituber comme un ivrogne,

je savais que ce n'était pas «correct». Quelque chose dans le globe nuisait à son équilibre, faussait son sens de la perspective. À deux reprises, il s'est buté contre des caisses, passant près d'en renverser une pile sur nos têtes. Je lui ai conseillé de décoller son oeil du globe, mais il a refusé. Tandis que nous continuions de suivre ce que je croyais être le chemin menant à la sortie, il tenait des propos de plus en plus incohérents.

— Arrête de déconner! J'ai assez peur comme ça...

Pierre poursuivait ses divagations au sujet de nébuleuses lointaines, d'une sorte de bleu qui y dansait, de scènes fantasmagoriques qui avaient lieu à des années-lumière de notre monde. Plaisantait-il? J'ai voulu l'entraîner plus vite vers la sortie, mais sa démarche vacillante ne me facilitait pas la tâche.

Son délire devenait franchement terrifiant. Comme en transe, il serrait le globe de ses deux mains et avait l'air de se concentrer pour voir plus loin, toujours plus loin. Parcouru de spasmes, il baragouinait à propos d'une présence qui se mouvait devant ses yeux, étirant des tentacules de pure pensée vers son esprit.

Une fois que nous avons dépassé le labyrinthe de caisses, convaincu que je devais faire quelque chose, j'ai saisi les poignets de Pierre pour le forcer à lâcher prise. Dès que j'ai réussi à lui arracher le globe, il est tombé à genoux, désorienté.

— Ça va?

En guise de réponse, Pierre a hoché la tête, les yeux fixés sur l'oeil de verre dans mon poing. Comme je l'aidais à se redresser, il s'est figé un instant, puis il a attiré mon attention sur les ombres qui nous encerclaient.

— Euh, Stacey, je pense qu'on a de la compagnie…

Comme par magie, une lumière blafarde a tranché l'obscurité de l'entrepôt. Sous cet éclairage, je pouvais voir la vingtaine de Noirs attroupés autour de nous, chaînes, jointures de métal ou machettes aux poings. Parmi eux, Pierre et moi avons eu la surprise de reconnaître les deux costauds croisés au restaurant, au début de l'après-midi. La sévérité de leur mine ne trompait pas. Les vlinbindingues n'appréciaient pas les visites à l'improviste. Nous étions dans de beaux draps…

Le silence s'est étiré sur quelques secondes qui m'ont paru une éternité. Puis, comme je m'éclaircissais la gorge pour entreprendre une négociation qui s'annonçait pénible, j'ai aperçu le chef de la bande, entouré d'une escorte de gars et de filles qui faisait songer à une garde impériale.

À l'écart, le regard masqué par des lunettes noires, se tenait mon frère, Yannick Bergeaud.

Chapitre 4

Pareilles retrouvailles,
ça s'arrose...

La vue de Yannick m'a empli d'une joie telle que j'aurais voulu me jeter sur lui pour l'enlacer. Mais étant donné les circonstances, ç'aurait été plutôt incongru. Yannick et moi sommes demeurés là, à nous regarder. Je ne pouvais pas voir ses yeux, mais j'ai eu l'impression qu'une partie de lui désirait me reconnaître, tandis qu'une autre le refusait.

C'est Pierre, finalement, qui a rompu la glace:

— Bien quoi? Pas d'accolade, pas de poignée de main? Vous êtes heureux de vous retrouver, oui ou non?

La réplique de mon compagnon est tombée à plat. La scène avait quelque chose de biblique, du genre Daniel dans la fosse aux lions. Les vlinbindingues s'impatientaient, jetant des coups d'oeil nerveux sur Pierre et moi, puis sur leur chef. Mon frère, chef d'une bande de voyous! Je ne pouvais m'empêcher de frissonner à cette idée.

L'un de ceux à qui nous nous étions d'abord frottés au fast-food — un certain Pat — a demandé à Yannick ce qu'il comptait faire. Il l'a appelé d'un drôle de nom: j'ai d'abord entendu Nettoye. Plus tard, j'ai compris qu'il avait dit Mèt Ouaille: Mèt, «maître» en créole, et Ouaille, la lettre y prononcée à l'anglaise.

— Yannick, c'est bien toi? ai-je demandé stupidement.

Avec des gestes un peu trop mécaniques à mon goût, Yannick (ou devrais-je dire Mèt Y?) a écarté les membres de sa bande et il a marché jusqu'à moi. Plus grand que dans mon souvenir, il me dominait bien d'une tête ou deux. J'ai retenu mon souffle, ne sachant plus trop quoi penser.

Mon frère a souri et m'a serré dans ses bras.

— Content de te voir, petit frère!

J'ai fermé les yeux, le serrant moi aussi, à un poil d'éclater en larmes.

***

Il suffisait que Yannick claque des doigts pour que les vlinbindingues s'exécutent.

Bientôt, toute la bande, Pierre et moi nous sommes retrouvés entassés au fond d'une fourgonnette lancée à une vitesse de missile dans les rues de la métropole assoupie. Destination: le *Breakdrums*.

Il s'agissait d'une discothèque, située au deuxième étage d'une vieille bâtisse près de la rue Sainte-Catherine. On y accédait par une porte basse qui débouchait sur un escalier étroit aux marches mal équarries. En se refermant derrière nous, la porte a mis une sourdine aux klaxons du centre-ville.

Dès lors, nous nous sommes retrouvés dans une atmosphère rendue écrasante par les percussions de la *dance music* qui résonnaient comme les battements du coeur d'un ogre. En montant, on pouvait lire sur les murs la signature en rouge sang de la bande: LES VLINBINDINGUES RÈGNENT!

La double porte à l'étage donnait sur la grande salle, au milieu de laquelle la piste de danse ressemblait à une arène. À notre entrée, le portier a salué mon frère avec respect et il a détaché le cordon pour nous ouvrir la voie.

Étant mineurs, Pierre et moi avons eu le réflexe de tendre un dollar au colosse, pour le dissuader d'exiger nos pièces d'identité.

D'un signe de tête, Yannick m'a fait comprendre que ce n'était pas nécessaire. Une lueur d'étonnement a éclairé le visage de celui-ci à la vue de Pierre. De toute évidence, les clients de race blanche n'étaient pas nombreux ici.

De partout fusaient des cris et des rires provoqués par l'alcool: ils éclataient comme des bulles de savon crevées par les notes aiguës de la musique *hip-hop*. Pierre et moi avons suivi Yannick et la jolie Noire qui s'accrochait à son bras vers un petit salon, d'où les gardes du corps de Mèt Y avaient chassé les couples qui s'y minouchaient. Sans prendre la peine de nous consulter, mon frère a attiré l'attention du barman, d'un signe de la main.

Affalés sur les canapés de cuir noir, nous sommes passés aux présentations. D'abord Pierre, que Yannick n'avait pas connu au Lac. Mon frère l'a salué de la tête par pure politesse. J'ai remarqué que les vlinbindingues n'avaient jusqu'alors pas accordé plus d'importance à Pierre que s'il avait été un moustique. À son tour, Yannick m'a appris le nom de la jeune fille qui le talonnait comme une ombre: Candice.

«Comme une ombre...» Je n'aurais pu

trouver une expression plus adéquate, tant Candice se coulait dans le décor sans faire la moindre vague. Mais quelle ombre! Un fantôme muet aux yeux bruns en amandes, presque bridés, aux pommettes rebondies, couleur café crème et au visage rond cerclé de nattes très fines. Je ne me serais jamais plaint d'être hanté par un fantôme comme celui-là! Candice avait à peu près mon âge. J'ai supposé qu'elle était la copine de Yannick et cela m'a attristé un peu.

Tenant son plateau bien haut au-dessus de sa tête, une grande Noire au corps moulé dans une robe au décolleté audacieux a dû faire du slalom entre les vlinbindingues pour arriver jusqu'à nous. Elle a déchargé son plateau sur notre table: trois doubles whiskies sur glace pour Yannick, Pierre et moi, une limonade-grenadine pour Candice. Mon frère avait-il passé cette commande par télépathie? À titre de chef de bande, il avait pris l'habitude de décider pour ceux qui l'accompagnaient. À nous de nous habituer à obéir…

Pierre et moi avons encore porté la main à nos portefeuilles. Pas la peine. Yannick nous a expliqué que les consommations séraient inscrites sur l'ardoise des vlinbindingues. Tout au plus, il nous a laissés tendre à la serveuse un pourboire. Elle a eu un sourire anxieux, mais elle n'a pas protesté et elle est repartie se perdre dans le brouhaha.

Après s'être frotté les paumes, Pierre a bu une gorgée de whisky un peu trop grosse. Bien sûr, son orgueil lui interdisait de la recracher ou même de grimacer.

En dépit du fait qu'il découvrait à ses dépens le sens de l'expression «minorité visible», il s'amusait bien. Il se berçait la tête et tambourinait sur son coin de table au rythme des percussions tonitruantes. Il a sorti de son veston l'étui en métal doré dans lequel il gardait ses cigarillos parfumés au menthol qu'il gardait pour les grandes occasions. Il faut croire qu'à ses yeux mes retrouvailles avec Yannick en constituaient une…

Pour ma part, je ne savais pas quoi penser. Le jeune homme aux lunettes noires en face de moi était évidemment Yannick. Mais, en même temps, j'avais le sentiment qu'il n'était pas *mon* Yannick.

Sa nouvelle coiffure? Sa moustache et sa barbichette qui lui encerclaient la bouche? Sa nouvelle manière de s'habiller? Je n'aurais pas pu dire si c'étaient ces détails qui le rendaient méconnaissable. Un effet de la longue séparation, alors? Possible. Quand on passe trop de temps loin d'une personne qu'on aime, il se peut que celle-ci ne corresponde plus tout à fait à l'image qu'on en a conservée.

Non, ce n'était pas ça. Il y avait autre chose… Et ce je-ne-sais-quoi me tracassait.

J'ai voulu parler de maman et de lui, de la rancoeur qui les avait séparés, mais le sujet n'intéressait visiblement pas mon frère. Exaspéré par la musique qui me martelait les tympans et par l'indifférence de Yannick, je l'ai questionné sur sa nouvelle vie.

— Qu'est-ce que ça veut dire, cette mascarade? Cette bande de coupe-jarrets?

— Les vlinbindingues sont une famille, a-t-il expliqué entre deux gorgées de whisky. Nous prenons soin les uns des autres…

— Mais dans les journaux…

Il a éclaté de rire. Bon Dieu, avec quel entêtement me suis-je refusé à remarquer le mépris et l'hostilité qui pointaient dans ce rire! Le faire aurait signifié admettre que je n'étais pas en présence du frère que j'admirais tant.

— Les journaux! Déconne pas! Juste des histoires que les Blancs inventent pour nous dénigrer, nous discréditer…

— Tout de même, Yannick, ces guerres de gangs, cette violence, elles sont réelles, non?

— Les vlinbindingues sont une famille, je te dis. Si quelqu'un s'en prend à l'un de nous, il s'en prend à nous tous!

Dans sa voix perçait un soupçon de menace que je n'ai pas du tout apprécié. Comme j'allais le relancer, Pierre, enivré par la musique, a éteint son cigarillo et a invité Candice à danser. Évidemment! Fidèle à lui-même, il l'avait remarquée, lui aussi. Elle a regardé Yannick d'un air interrogateur, cherchant son approbation. À sa grande surprise, mon frère a hoché la tête.

J'ai à mon tour pris une première gorgée de whisky. Mes narines se sont alors contractées, ma gorge s'est enflammée et mes yeux se sont emplis de larmes. Au moins, l'alcool avait un effet positif. Il faisait redescendre l'amertume qui montait en moi à l'idée que Candice soit à ce point soumise à Yannick et que Pierre puisse la lui enlever. Je ne sais pas pourquoi, mais ça m'agaçait de voir mon copain mettre en branle sa machine à séduction — son «sexe-à-piles», comme il disait en blague.

Candice a suivi Pierre sur la piste de

danse. La masse grouillante s'est scindée pour leur faire de la place. Des sourires mesquins ont accueilli mon copain, mais ceux qui croyaient pouvoir se moquer du petit Blanc en costume de *rapper* auraient une belle surprise. Après quelques pas pour saisir le rythme, Pierre a abandonné son corps à la musique, esquivant les coups de pied et de coude avec une souplesse à faire mentir les stéréotypes raciaux sur la danse.

Les autres danseurs, impressionnés, ont formé un cercle autour de Pierre et Candice. Encouragé par l'enthousiasme de son public, Pierre pivotait, se jetait par terre en faisant le grand écart et rebondissait comme un possédé.

Sa chorégraphie avait l'air d'un défi lancé à tous les Bobby Brown et Hammer de la terre! Il bombait le torse, roulait les épaules, se contorsionnait au rythme de la musique que scandaient les haut-parleurs aux quatre coins de la piste. Ses membres étaient devenus des canaux que la musique traversait tel un courant électrique, pour s'y amplifier et y prendre chair.

Sous l'emprise de cette énergie, Candice a adapté ses mouvements à ceux de son cavalier. En elle aussi, la musique a paru descendre comme une visitation céleste. Les faisceaux irisés des stroboscopes, des néons et des lasers qui balayaient la piste de danse donnaient à son délicat visage un air surnaturel. Sourire aux lèvres, paupières closes, Candice s'est adossée à la poitrine de Pierre et a fait onduler ses hanches d'une manière sensuelle, en cadence avec lui, si bien que leurs deux corps donnaient l'impression de n'en former plus qu'un.

Après toutes ces semaines à le voir s'apitoyer sur ses déboires avec Vicky, j'aurais dû me réjouir de ce spectacle. Mais non. J'ai senti un drôle de remous en dedans, dont je ne savais plus si je devais l'attribuer à l'envie que m'inspirait la scène ou au choc de retrouver mon frère dans ces circonstances.

Je me suis tourné vers Yannick. Si la danse lascive de Pierre et Candice éveillait sa jalousie, il se gardait bien de le montrer. Esquissant un sourire, il s'est tout de même dirigé vers la piste. À son approche, la cohue des danseurs s'est écartée, comme s'il émanait de lui un champ de forces répulsives.

Quand Yannick est arrivé devant le couple, les autres danseurs se sont immobilisés et l'ont observé d'un air craintif. Avertie par un sixième sens, Candice a rouvert les yeux et s'est aussitôt figée. Elle n'a pas répondu au sourire de prédateur de mon frère posté en face d'elle. Yannick a passé une main caressante sur sa joue, le temps qu'elle se rassure sur ses intentions… Puis il l'a giflée si brutalement qu'elle s'est retrouvée aux pieds de Pierre.

Je me suis redressé promptement, renversant la table devant moi. Pierre est à son tour sorti de sa transe. Son regard incrédule a erré entre Candice et Yannick, qui souriait toujours. Pierre s'est accroupi auprès de l'amie de mon frère. Les nattes de Candice lui voilaient le visage, mais à voir ses épaules s'agiter, on devinait qu'elle pleurait. Pierre a regardé Yannick de nouveau, prêt à l'engueuler, mais une détonation a retenti.

Du même coup, ç'a été la débandade.

Cris de terreur. Fracas de bouteilles et de verres qui éclatent sur le plancher. La plupart des clients du *Breakdrums* ont cherché refuge sous les tables et les tabourets. Comme un seul homme, les vlinbindingues ont sorti leurs coutelas, chaînes et matraques et se sont dressés entre Yannick et le tireur qui hurlait en créole:

— Mèt Y! Où est-ce que tu te caches? Je viens te tuer!

Le tireur s'est avancé sous les lumières clignotantes. C'était un Noir trapu, au visage très foncé, luisant de sueur. Il portait des vêtements de velours rouge et noir, bardés de chaînettes argentées et de fermetures éclair.

En apercevant Yannick à l'autre bout de la piste de danse, il a braqué son arme fumante, un gros calibre, dans sa direction. L'un des vlinbindingues a voulu s'interposer, brandissant sa machette. Avant qu'il atteigne le tireur, celui-ci a appuyé sur la détente. Dans un vacarme d'enfer, l'arme a craché son feu et le coup a pratiquement arraché l'épaule du garçon.

Les hurlements ont alors repris. Perdant courage, les vlinbindingues se sont dispersés. Les gens se bousculaient vers les issues de secours. Pierre a profité de la confusion pour attirer Candice hors de l'arène où Yannick demeurait stoïque face à son ennemi. J'avais les mains moites et un noeud dans l'estomac. Faire tout ce chemin dans le but de retrouver mon frère et finalement assister en direct à son exécution: c'était trop absurde!

— Je vais te tuer, mon salaud! s'époumonait le tireur.

— J'en doute, s'est borné à répondre mon frère, tout sourire.

Comment pouvait-il rire ainsi à la face de la mort?

— Ris pas! s'indignait son vis-à-vis. Je vais te faire sauter la cervelle!

Au milieu d'une chanson de Ice T, il ne cessait de répéter ses menaces. Mais, devant le sourire de Yannick, sa voix perdait de l'assurance, sa main se mettait à trembler, sa prise sur la crosse de l'arme se desserrait, ses genoux fléchissaient.

— Non. C'est pas ce que tu veux, mon ami. Pas vraiment…

L'éclat intermittent des stroboscopes hachurait leurs mouvements. L'affrontement semblait se dérouler au ralenti. Avec les tambours battants du rap, on croyait assister à une cérémonie mystique.

Mèt Y n'en finissait plus de sourire. Soutenant le regard de son aspirant bourreau, il a murmuré des mots que je n'ai pas entendus. Sa volonté brisée, l'autre a bégayé quelque chose d'inintelligible à son tour. Le sourire de mon frère s'éternisait, lui donnait l'allure d'un cobra en train de charmer sa proie. Il a répété ces mots étranges. L'autre clignait des yeux, remuait mollement les lèvres.

Brusquement, il a retourné son arme vers lui, en a mis le canon dans sa bouche et a tiré…

Au même instant, j'ai ressenti une violente brûlure à la cuisse, comme si la balle m'avait touché également. On entendait hurler des sirènes de police dehors. Je me suis laissé entraîner par Pierre vers l'escalier de secours que nous avons dégringolé en moins de deux.

Chapitre 5

Comment fermer l'oeil
de la nuit?

De l'impasse obscure où nous avions trouvé refuge, il était possible d'observer la scène sans être vus. Une demi-douzaine de véhicules de la police municipale et deux ambulances cernaient le *Breakdrums*. Sous les éclairs écarlates des gyrophares, les of ficiers de l'escouade anti-émeute achevaient d'entasser des vlinbindingues au fond du panier à salade, sans se priver d'utiliser leurs matraques contre les récalcitrants.

Des infirmiers embarquaient les civières où reposaient les blessés, tandis que des policiers s'efforçaient de disperser la foule de curieux, attirés par l'odeur du sang comme des vautours.

L'adrénaline rendait Pierre volubile. Il surveillait l'action et m'en faisait simultanément une description, à la manière d'un commentateur sportif. De mon côté, tout ce que je voyais, c'était le sol jonché de détritus sur lesquels, plié en deux, je régurgitais mes tripes.

— Ça va aller? m'a-t-il demandé quand mon malaise a semblé tirer à sa fin.

— J'espère, ouais, ai-je toussoté en m'essuyant la bouche sur un mouchoir en papier.

— En tout cas, les policiers ne sont pas bien tendres avec les amis de ton frère, a enchaîné Pierre. Selon moi, ce n'est pas la première fois qu'ils ont affaire à eux…

— Et Yannick? l'ai-je relancé en me redressant malgré mon équilibre encore précaire.

— Je ne sais pas, je ne crois pas l'avoir aperçu, m'a-t-il dit. Ne te fais pas de bile pour…, a-t-il ajouté mais, constatant son mauvais choix de mots, il a tiqué. À ce que j'ai vu, ton frère est très capable de prendre soin de lui-même.

J'ai jeté à Pierre un regard venimeux. C'était déjà assez difficile pour moi d'admettre que mon frère soit le chef d'une bande de voyous, il n'avait pas à insister sur l'horreur à laquelle Yannick venait de participer sous mes yeux. Mon estomac avait l'air de se replacer et, pourtant, je sentais encore la frustration s'y agiter comme une bête en cage.

— C'est pour Candy que je me fais du souci, a-t-il poursuivi. Si seulement je ne l'avais pas perdue dans la foule...

Voilà qu'il parlait d'elle comme d'une amie de longue date, lui donnant même un diminutif affectueux! Je ne pouvais en saisir la raison, mais cette familiarité m'irritait. Qu'est-ce qu'il allait s'imaginer? Après tout, elle avait *seulement* dansé avec lui!

— Elle est sûrement avec Yannick, ai-je répliqué sur un ton incisif, pour indiquer à Pierre que Candice n'était pas libre.

J'aurais mieux fait de me taire, car n'était-ce pas exactement ce que Pierre et moi redoutions le plus? À voir la façon dont il l'avait traitée à la disco, on ne pouvait prétendre que Candice était en sûreté avec mon frère.

— Il vaudrait mieux ne pas traîner dans les parages. Je pense avoir entrevu mon oncle Bert parmi les policiers. Je n'aimerais pas avoir à lui expliquer ce que je fous ici, alors qu'il me croit en visite chez le frère d'un copain...

***

À nous deux, nous avions heureusement

assez d'argent pour nous payer un taxi jusque chez l'oncle Bertrand. À l'heure qu'il était, nous n'avions aucune envie de redescendre dans la gueule du métro. Sait-on jamais, nous aurions pu y rencontrer de nouveau des skinheads ou les vlinbin-dingues qui avaient échappé au filet de la police. Et de la violence, nous en avions eu plus que notre quota durant la soirée!

Tandis que la porte de l'appartement se refermait sur la lumière pâle du corridor, Pierre a traversé comme une flèche la cuisine, la salle à manger et le salon, allumant toutes les lampes sur son passage. Ébloui par le flot de clarté à l'halogène, j'ai mis ma main sur mes yeux. Clopin-clopant, je me suis dirigé à la suite de mon ami vers notre chambre.

— Hé, mais tu boites! s'est-il étonné en me voyant traîner la patte.

— Je ne sais pas ce que j'ai à la jambe…

En touchant ma cuisse à l'endroit où le muscle m'élançait, j'ai senti une bosse froide.

J'ai fouillé dans ma poche pour en sortir l'oeil de verre que nous avions trouvé dans l'entrepôt. C'était déjà tellement loin que je l'avais oublié!

— Tu as encore ça? a fait Pierre en grimaçant de dégoût.

De toute évidence, il ne gardait pas un bon souvenir de son expérience avec l'étrange objet postiche. Après le lui avoir ôté des mains, je l'avais glissé dans ma poche sans m'en rendre compte et je n'y avais plus repensé.

— C'est curieux, on dirait qu'il a eu chaud. Il est couvert de buée.

— Voyons, Stacey, c'est normal. L'émotion t'a fait transpirer plus que d'habitude et il était contre ta cuisse…

L'explication de Pierre semblait tout à fait plausible, mais elle ne me satisfaisait pas. Dans ma paume, je percevais des pulsations de chaleur, émises à intervalles réguliers, par l'oeil de verre. Je l'ai déposé sur la table de chevet près de mon lit. En baissant mes pantalons, j'ai eu la surprise de constater qu'il avait laissé un bleu sur ma cuisse.

— Qu'est-ce que c'est? a demandé Pierre. Tu t'es cogné?

— Sans doute, ai-je murmuré, inquiet.

J'en doutais. Dans mon esprit, je n'arrivais pas à dissocier l'image de ce gars qui se flambait la cervelle devant Yannick et la brûlure que j'avais ressentie en même temps. J'ai examiné l'oeil une dernière fois, cherchant à comprendre. La fatigue et la confusion embrouillaient mes pensées. Et puis, cette rage sourde continuait à bouillonner en moi. J'ai fini de me dévêtir en me souhaitant de faire des rêves apaisants.

Pierre et moi nous sommes relayés à la salle de bains pour nous débarbouiller un peu. Bientôt, toutes les lampes éteintes, chacun de nous s'est retrouvé emmitouflé sous une couverture, à s'efforcer de ne pas grelotter, de ne plus penser à rien. Ébranlés par le drame auquel nous avions été mêlés, nous avions convenu que nous éviterions d'en parler jusqu'au matin. Le sommeil, espérions-nous, saurait effacer le sang qui tachait notre mémoire.

Le hic, c'est que je n'arrivais pas à m'endormir.

Invariablement, mon regard revenait sur l'oeil de verre.

Dans le noir, le joyau azuré de sa pupille semblait luire d'un éclat surnaturel.

Je ne sais pas combien de temps j'ai passé à l'observer, incapable de me défaire de la conviction qu'il avait joué un rôle dans l'épisode sanglant du *Breakdrums.* Je repensais au délire de Pierre quand il avait regardé à travers l'oeil. Son histoire d'entité maléfique qui cherchait à s'approprier son esprit, l'avait-il inventée juste pour me ficher la trouille? C'était son genre: à l'école, il était très souvent l'auteur de tours pendables destinés à effrayer nos compagnes de classe ou nos profs.

«Mais il n'avait pas eu l'air de plaisanter dans l'entrepôt!»

La seule manière d'en avoir le coeur net, estimais-je, c'était de regarder à travers l'oeil, moi aussi.

Cependant, je n'osais pas tendre la main vers l'oeil maudit.

Insomniaque, je continuais à le regarder.

Je me suis retourné vers mon copain qui reposait sur le dos, les paupières closes, la respiration égale.

— Pete? ai-je chuchoté. Tu dors?

— Non. Pourquoi?

Je ne pouvais tout de même pas lui dire qu'après m'être presque fait étriper par des skins, après avoir été témoin d'un suicide, j'avais la chienne juste à contempler une bille de verre. Il se serait foutu de ma gueule, et avec raison.

— Pour rien, ai-je laissé tomber.

Pierre s'est adossé à la tête du lit. Les

lueurs des phares d'une voiture dans la rue ont filtré à travers les stores vénitiens, zébrant momentanément nos corps de bandes de clarté diffuse.

— Tu penses à ton frère?

— C'est si facile à deviner?

— Oui.

— Et toi, à qui tu penses?

Il a hésité. Même si je ne pouvais pas distinguer son visage, je devinais le trouble qui déformait ses traits.

— À Vicky, a-t-il avoué, honteux.

Je m'attendais à cette réponse, mais, à ma grande surprise, il a ajouté:

— À Candy, aussi.

Nous avons marqué une nouvelle pause, pendant laquelle j'ai eu l'impression que Pierre regrettait son aveu. Je ne suis pas un fin psychologue, mais je crois qu'il s'en voulait de s'intéresser à Candice, alors qu'il n'avait pas encore fini d'enterrer sa relation avec Vicky. Peut-on tromper le souvenir d'un échec? En réalité, derrière son masque de séducteur invétéré se cachait un grand sentimental.

De mon côté, je me suis demandé de quel droit je m'offusquais de l'engouement de mon copain pour Candice. Elle n'était après tout la propriété de personne…, sauf peut-être de Yannick. Inévitablement, mes pensées revenaient à Yannick. Comment faire le lien entre le jeune homme sensible, épris de beauté et d'art, qui avait veillé sur mon enfance en remplacement de mon père, et Mèt Y, cette brute qui se délectait de violence?

À mon tour, je me suis redressé dans mon lit. Notre silence a duré de longues minutes, ouvrant la voie au malaise. J'ai toussoté un peu, le temps de trouver le cran de faire mes propres aveux.

— Je ne t'ai jamais parlé de mon père, ai-je fini par dire.

— Il est mort quand tu étais petit, tu ne l'as presque pas connu.

— Je ne sais pas quand il est mort, tu sais, ai-je nuancé, tandis qu'un noeud se formait dans ma gorge. En fait, je crois qu'il est mort, mais je n'en suis même pas certain. C'est ça, le pire, cette incertitude…

— Écoute, si ça fait trop mal, tu n'es pas obligé d'en parler…

— Ça fait très mal, Pete, tu as raison. Mais je crois que ça fait mal justement parce que je n'en parle jamais.

Pierre est venu s'asseoir sur mon lit.

D'une voix très douce, qu'il n'adoptait probablement que dans l'intimité, il a prononcé les mots qu'il fallait:

— Vas-y, Stacey. Parle.

C'est alors que je lui ai raconté le peu que je me rappelais. J'avais à peine quatre ans, il se pouvait donc que mes souvenirs ne soient pas tout à fait fidèles à la réalité, que mon imagination ajoute ou modifie certains détails.

Il faisait nuit. Yannick et moi dormions depuis plusieurs heures quand leurs voix nous ont tirés du lit. Ils étaient sept: ça, je m'en souviens très bien. Sept hommes à la peau très noire, aux vêtements noirs et aux lunettes très noires. Yannick et moi les regardions par la porte entrebâillée de notre chambre. Tous portaient un revolver à la ceinture, mais un seul d'entre eux, le chef, l'avait dégainé pour en menacer papa. Ils lui parlaient en créole, lui aboyaient après au sujet de tracts clandestins qui circulaient dans les faubourgs de Port-au-Prince.

Ils lui ordonnaient de les suivre. Maman avait voulu intervenir, mais le chef lui avait saisi le visage d'une main et l'avait repoussée brutalement sur la table du salon qui s'était effondrée sous elle. Choqué, papa s'était jeté sur l'assaillant de maman, mais les autres l'avaient vite maîtrisé. Tout souriant, le chef lui avait alors asséné un coup de crosse de revolver sur l'oeil gauche. La paupière enflée s'était refermée et du sang en avait coulé.

La peur qui me pétrifiait dans l'embrasure de la porte de ma chambre n'avait pas de prise sur Yannick. En démon, il avait bondi vers les hommes en noir, leur criant de lâcher papa, les mitraillant de coups de pied, de coups de poing et de coups de genou. Au début, ils s'en étaient amusés. Mais ses coups redoublaient d'ardeur. Le chef avait pointé son arme vers lui et il avait dit à ma mère qu'il n'hésiterait pas à abattre cette petite peste si elle ne la calmait pas sur-le-champ.

Maman s'était empressée de saisir Yannick. Dans ses bras, il avait rué sans cesser de hurler, tandis que les hommes en noir emmenaient en ricanant notre père assommé. Mon frère avait continué à se débattre contre ma mère en sanglots longtemps après que la nuit les eut avalés.

Nous n'avons jamais revu papa.

Les lettres au président et les demandes d'enquête n'avaient servi à rien, sinon à faire comprendre à ma mère qu'il valait mieux pour elle et nous que nous quittions le pays au plus vite. Un an plus tard, grâce à l'aide d'un cousin installé à Longueuil, nous débarquions en pleine tempête de neige à Mirabel, loin des tortionnaires et des zombis des Duvalier. Quelques mois après, nous emménagions au Lac, où maman s'était trouvé un emploi d'infirmière.

Les premières années, Yannick et moi avions eu beaucoup de problèmes à l'école. D'après les psys, nos difficultés d'adaptation étaient dues au choc culturel! Quelle blague! Si maman avait choisi de rester en Haïti, nous aurions été constamment en état de choc culturel: dans aucun pays du monde on n'élève des enfants pour qu'ils s'habituent à voir des gens se faire maltraiter ou fusiller dans les rues.

Au fond, le problème de Yannick, c'était qu'il ne pardonnait pas à maman de l'avoir empêché de défendre papa. Des années après ce soir fatidique, il demeurait convaincu qu'il aurait pu sauver notre père si elle l'avait laissé faire.

Parce qu'il était mon meilleur ami, j'ai raconté tout ça à Pierre. Malgré les sanglots qui obstruaient ma gorge, malgré l'eau qui inondait mon regard. Ce qui me troublait le plus, lui ai-je confié, c'était de voir mon frère devenir pareil à ceux qui avaient enlevé papa. Ça, je ne pouvais tout simplement pas l'accepter!

Pierre m'a serré dans ses bras et je me suis alors mis à pleurer comme un bébé.

Aujourd'hui, je ne saurais dire si je pleurais sur mon père disparu ou sur mon frère que je craignais de perdre à son tour.

Chapitre 6

Un intermède mouvementé

Notre deuxième journée à Montréal n'a pas vraiment commencé avant onze heures. Exténués, nous avions dormi comme des loirs jusqu'à ce que l'oncle Bertrand vienne nous tirer du sommeil.

— Il y a quelqu'un là-dedans? a-t-il demandé en cognant à notre porte.

Les toc résonnaient dans ma tête comme des piaffements de gigueur. J'ai répliqué à demi-voix par une de nos bonnes vieilles blagues:

— Vous avez bientôt fini de danser, là-haut?

— Eh, les gars, on se lève? a repris Bertrand, de l'autre côté de la porte.

— Bien sûr, Bert, a fait Pierre. Tout de suite.

Aussitôt dit, aussitôt fait, ou presque. Ma tête dodelinait sous le poids de la fatigue, à laquelle s'additionnait une migraine terrible. Mes gestes étaient lents, maladroits.

Pierre s'est levé pour ouvrir les stores vénitiens. Le soleil a déversé dans la chambre une vague de lumière. Par la fenêtre, des voix enfantines nous sont parvenues.

J'ai regardé le parc en face: quelques gamins d'origines ethniques diverses s'amusaient avec un ballon de foot. Je me suis réjoui de ce spectacle, heureux de constater que la métropole possédait un visage plus paisible que celui qu'elle m'avait présenté hier soir.

Il suffisait cependant que je lance un regard du côté de l'oeil postiche pour que renaisse l'angoisse de la nuit dernière.

Dans la salle à manger, l'oncle Bert, en uniforme, lisait un journal en nous attendant devant la table mise pour trois. En nous servant une pointe de la quiche au brocoli et au chou-fleur qu'il avait préparée, il nous a appris que nos mères avaient toutes deux appelé pour prendre de nos nouvelles. Comme nous étions encore au lit, elles lui avaient dit de nous laisser dormir; elles rappelleraient ce soir. En un sens, j'étais soulagé de ne pas avoir eu à parler à maman: comment aurais-je pu lui raconter la vérité au sujet de Yannick?

Entre une gorgée de jus et une bouchée de quiche, nous avons bavardé avec Bert. Je me suis surpris à trouver l'oncle de Pierre bien sympathique pour un agent de police. Tout le contraire des fiers-à-bras de l'escouade qui était intervenue la nuit dernière au *Breakdrums*!

Il fallait le prévoir: l'incident faisait la une de tous les journaux. En parcourant les articles, Bertrand a émis quelques commentaires, puis il m'a demandé mon avis sur le phénomène des gangs d'Haïtiens.

Là, il me prenait au dépourvu. J'ai bégayé que je ne savais trop. La communauté haïtienne de la région du Lac ne comptait pas suffisamment d'individus pour que les tensions sociales puissent donner naissance à des bandes. D'un autre côté, lui ai-je dit, les médias avaient tendance à parler des délinquants d'origine haïtienne comme s'ils étaient les seuls à sévir dans la ville. Or, notre expérience dans le métro hier soir nous avait prouvé que ce n'était pas le cas.

— Votre «expérience»? Qu'est ce qui vous est arrivé?

Pierre est intervenu, le temps d'un résumé de notre accrochage avec les skinheads. Redevenant l'agent de police, l'oncle

Bert a voulu en savoir davantage; il m'a demandé si je désirais porter plainte. Philosophe, j'ai haussé les épaules.

— Je ne sais pas si ça en vaut vraiment la peine, ai-je soupiré. Même si vous arrêtiez quelques skins, je ne suis pas sûr de pouvoir reconnaître ceux d'hier.

— Comment ça?

— Vous savez, pour moi, tous les Blancs se ressemblent, ai-je blagué en espérant clore la discussion.

L'oncle Bert a hésité avant de s'esclaffer et de me concéder un bon point. Pierre et moi avons joint nos rires aux siens. Notre hilarité a envahi l'appartement, si bien que j'ai cru qu'elle en chasserait toute tache d'ombre.

Après un coup d'oeil sur l'horloge murale, Bert s'est levé. En reculant vers la porte, il a exprimé le désir de poursuivre plus tard cette discussion avec moi. On pourrait aussi parler de Yannick, a-t-il ajouté, de l'opinion de mon frère sur la situation en tant que Montréalais d'origine haïtienne.

Sur ce, il s'est hâté de sortir, de peur d'arriver en retard.

— Tu crois qu'il sait?

— Quoi? Qu'on était au *Breakdrums,*

tous les deux? Ou que ton frère est responsable du bordel qui s'y est déroulé?

— Responsable, il ne faut quand même pas exagérer! Yannick n'a pas ordonné à ce maniaque de tirer sur tout ce qui bougeait et de se suicider après!

— Peut-être pas, Stacey. Mais j'étais sur la piste de danse quand ce maniaque, comme tu dis, a fait irruption, quand il a tiré sur le vlinbin… machin chouette.

— Vlinbindingue, ai-je rectifié. Et alors?

— Alors, ceci: j'ai vu ton frère à l'instant où le sang a giclé de l'épaule de son acolyte. Je l'ai vu de près. Il n'avait pas l'air préoccupé par la santé du gars ou inquiet pour sa propre vie. Au contraire, il avait un air bizarre. Comme…

— Comme quoi? l'ai-je relancé, agacé par ses insinuations.

— Je ne sais pas: l'air repu d'un dopé qui vient de se shooter sa dose d'héroïne. Ou d'un chat qui vient de gober une souris.

— Tu dis n'importe quoi!

— Non, Stacey, je suis sérieux et tu le sais. Ton frère avait l'air de se réjouir de cette violence, de s'en nourrir…

— Tout de suite les gros mots! ai-je crié en repoussant rudement ma chaise pour me lever. Bientôt, tu accuseras Yannick d'être un cannibale! Ou pire: un sorcier vaudou!

Irrité, j'ai jeté ma serviette de table sur mon assiette et j'ai pris le chemin de la chambre. Pierre s'est levé à son tour et m'a saisi par les épaules. Je me suis débattu pour qu'il me relâche, mais il était plus fort que moi.

— Tu ne me la joueras pas à moi, la comédie du Noir offusqué! Depuis le temps qu'on se connaît, tu sais que je n'en ai jamais rien eu à foutre, des clichés racistes!

— Ça m'a tout l'air qu'il n'est jamais trop tard pour commencer!

La réplique m'avait échappé, comme si j'étais devenu une marionnette que faisait parler un ventriloque invisible. La fureur remuait encore dans mon ventre comme un animal sauvage cherchant à s'évader. Fâché, Pierre m'a donné un soufflet. Sans réfléchir, je l'ai giflé également. C'était une drôle de sensation: j'ai suivi le trajet de ma main vers son visage avec détachement, comme si je n'avais plus aucune maîtrise sur elle.

Nous nous sommes regardés sans rien dire, oscillant entre la colère, la stupeur et l'envie d'éclater de rire. Nous avons finalement adopté la troisième option. Presque immédiatement, notre agressivité s'est dissoute. Pierre a secoué la tête, incrédule. Il n'en revenait pas: en trois ans d'une amitié pourtant houleuse, nous ne nous étions jamais battus.

— Comme tu dis: il n'est jamais trop tard pour commencer, a ironisé Pierre en passant le bras autour de mes épaules.

Il a suggéré que nous nous habillions avant d'établir notre ordre du jour.

Sur le seuil de notre chambre, je ne sais trop pourquoi, j'ai regardé en direction de la table de chevet.

Au coeur du saphir qui servait de pupille à l'oeil de verre, un éclat bleuâtre s'estompait graduellement, comme une image sur un écran de télévision qu'on vient d'éteindre.

— Tu as vu ça? ai-je fait en me précipitant vers l'objet, malgré la frayeur qu'il m'inspirait.

Il avait vu, bien sûr. Mais il ne se risquait pas à approcher, encore moins à admettre que le phénomène puisse avoir une cause surnaturelle.

— Probablement un rayon de soleil qui l'a traversé…

Cette hypothèse ne valait pas un clou et

Pierre le savait très bien. De toute évidence, c'était à son tour d'avoir la trouille seulement en posant les yeux sur l'insolite globe de verre.

— Non, c'est sûrement autre chose, ai-je repris en osant toucher l'oeil postiche du bout de l'index. Il est brûlant, comme la nuit passée.

— La nuit passée, c'est la chaleur de ton corps qui l'a réchauffé et, ce matin, c'est le soleil. Rien d'autre, Stacey.

— Tu le crois vraiment?

Pour quelqu'un qui avait prétendu voir une présence à l'intérieur du globe de verre, Pierre me semblait drôlement déterminé à éviter tout débat à ce sujet. Pendant un instant, j'ai encore envisagé de l'approcher de mes yeux, mais une crainte indéfinissable m'en empêchait.

— Je ne sais pas. En tout cas, je n'aime absolument pas l'idée de le garder ici, Stacey. On ferait peut-être mieux de s'en débarrasser.

— Pour quelle raison?

— Je ne sais pas, bon! Mais je crois qu'on devrait. Cette chose me donne la chair de poule…

Je n'avais pas la moindre difficulté à

comprendre cela; je partageais le malaise de mon copain face à l'oeil de vitre. Mais, convaincu que l'objet tenait un rôle de premier plan dans cette histoire, je n'arrivais pas à me résoudre à le jeter. De toute évidence, quelque chose en Pierre remuait à la seule vue de l'oeil de vitre. Il s'est laissé choir sur son lit et, sans un mot, m'a invité à m'asseoir près de lui.

— J'ai rêvé à cette saloperie, cette nuit, a-t-il murmuré. Un cauchemar horrible…

— Pourquoi ne pas l'avoir dit plus tôt?

— Je ne savais pas quoi penser. Et puis, avec notre enguculade, j'avais presque réussi à oublier ce mauvais rêve…

Pierre m'a regardé droit dans les yeux et j'ai entrevu au fond de son regard l'étendue de son agitation.

— À toi de me confier tes angoisses.

— Tu vas te moquer, c'est un rêve tellement con…

— Je ne me moquerai pas. Allez, raconte.

Il a pris quelques minutes à se décider à parler.

— J'étais avec Vicky, au chalet de ses parents. C'était comme le soir où on a fait l'amour, la première fois. On était seuls, on était sur le futon, on s'embrassait, on se caressait. Elle s'est levée pour retirer son chandail et quelque chose est tombé de sa poche. Elle s'est penchée pour le ramasser...

— L'oeil de vitre?

— En plein ça! Vicky a prétendu qu'il appartenait à son frère. Elle n'a pas de frère, mais des fois, les rêves... Bref, elle a collé son oeil au globe de vitre et elle m'a regardé à travers. Elle s'est mise à délirer, avec une voix qui n'était plus tout à fait la sienne. Elle répétait à peu près les mêmes paroles que moi dans l'entrepôt. Tu te souviens, ces élucubrations au sujet d'une chose qui se déplace sur un autre plan de la réalité?

— Tu ne plaisantais donc pas, hier soir?

— Bien sûr que non! *J'ai vraiment vu ce dont je t'ai parlé.* Mais j'avais réussi à me persuader que ce n'était qu'une hallucination. Maintenant, je ne sais plus... Dans mon rêve, en tout cas, Vicky répétait mes mots comme un bout de refrain remixé sur un *maxi-single.* Je l'ai implorée de décoller l'oeil de son visage, j'ai essayé de le lui ôter. Elle m'a repoussé brutalement sur le futon. Elle ne voulait rien savoir et n'arrêtait pas de répéter les mêmes mots sur un ton monocorde. Elle a blêmi, sa voix a changé.

Après un instant de répit, Pierre a continué:

— Une lueur bleuâtre a empli le salon et, comme un ouragan, a renversé les meubles, ébranlé le chalet sur ses fondations. Bibelots, pots de fleurs et livres volaient de toute part. Des griffes invisibles ont lacéré la blouse de Vicky. Au milieu de la tourmente, elle était méconnaissable. L'oeil de vitre qu'elle tenait serré sous son sourcil gauche est devenu gélatineux. Il s'est enfoncé entre ses paupières et a délogé son oeil véritable. L'organe ensanglanté a roulé sur le tapis. Une lueur indigo brillait dans le nouveau regard de Vicky. Elle s'est approchée de moi en souriant et m'a demandé mon nom secret...

— Ton nom secret? Qu'est-ce que ça veut dire?

— Pas la moindre idée. Mais Vicky insistait pour que je le lui dise. Et comme je ne répondais pas, elle a tendu son index vers mon oeil gauche. Son ongle était devenu long, acéré comme une griffe de rapace. Elle l'a pointé vers mon oeil dans l'intention de me le crever... Puis je me suis réveillé.

Pierre a expiré, soulagé de s'être confié.

En baissant les yeux, il a remarqué que ses mains sur ses cuisses tremblaient encore, tels deux crabes épileptiques. Il s'est crispé et s'est forcé à retrouver son sourire. J'ai refermé mon poing sur son épaule et je l'ai serrée, pour lui transmettre un peu d'énergie.

— Ça va, Pete. C'était un mauvais rêve, rien de plus.

J'aurais bien aimé pouvoir m'en convaincre moi-même.

Chapitre 7

Un flot de souvenirs

J'étais encore assez présomptueux pour me lancer dans une entreprise désespérée et entraîner Pierre à ma suite. Comme ces héros intrépides de la mythologie antique qui n'hésitaient pas à descendre aux enfers pour délivrer leurs êtres chers, j'avais décidé que j'arracherais Yannick à cette jungle et à cette violence auxquelles il avait pris goût, à l'emprise de la nuit.

Le ciel était couvert. Le mât du Stade olympique avait l'air du manche d'un poignard planté dans le bas-ventre des nuages. Sur le chemin du métro, Pierre a remarqué que, du côté tourisme, notre séjour à Montréal ne valait jusqu'ici pas l'investissement. Dire que nous étions venus pour découvrir les charmes de la métropole, nous distraire, profiter de l'été!

Mon copain et moi avons pris l'autobus, dans l'espoir de concilier nos vocations de touristes et de missionnaires.

***

Sous la clarté grise du jour, l'entrepôt désaffecté avait troqué son air d'animal mortellement blessé contre une allure pas moins lugubre, mais plus normale en tout cas.

Il n'y avait dans cet endroit que six ou sept vlinbindingues et leurs compagnes, occupés à déplacer quelques-unes des caisses de bois énormes. La police n'avait sans doute pas encore relâché leurs compères arrêtés au *Breakdrums*. Une odeur rance de chaleur humide nous a saisis à la gorge dès notre entrée, comme pour nous empêcher d'aller plus loin. Au grand plaisir de Pierre, un *ghetto-blaster* posé par terre diffusait une de ses pièces préférées.

— Alors, les gars, on se tape un peu de réaménagement intérieur? a demandé Pierre en badinant. Bonne idée, ça fait nettement plus sympa comme ça…

Le dénommé Pat a considéré Pierre avec une expression de dégoût. De toute évidence, il n'entendait pas à rire. La brute s'est avancée vers nous en faisant rouler ses épaules musclées de manière menaçante.

J'ai cherché Yannick du regard, sans l'apercevoir. Tant pis, j'allais devoir négocier avec l'homme de Cro-Magnon qui venait de se planter devant Pierre et moi, les poings sur les hanches.

— Yannick est là? ai-je demandé d'une voix que j'aurais aimée plus ferme, regrettant que ma mue n'ait pas fini de s'opérer.

— Qui?

— Mèt Y, ai-je rectifié. Mon frère.

Pat s'est gratté la nuque. Apparemment, le souvenir du lien de parenté qui m'unissait à son chef exigeait de lui une concentration qui était au-delà de ses capacités. Quand on a tout dans les bras… Je ne pouvais attendre indéfiniment. J'ai répété ma question, avec plus d'insistance. Le bonhomme m'a fait signe de monter à la mezzanine, puis il est retourné à son travail. Il n'y avait pas à dire: un véritable zombi!

Pierre et moi avons pris l'escalier en colimaçon. En montant, je me suis inquiété des mots que je devrais prononcer, des gestes que je devrais poser. Que pouvais-je dire ou faire pour rompre l'envoûtement qui avait créé Mèt Y, l'obliger à redevenir Yannick? Dans les contes de fées, il suffisait du baiser d'une princesse pour métamorphoser de nouveau les bêtes en princes charmants. Hélas, cette aventure n'avait rien d'un conte de fées...

Arrivés à la mezzanine, il ne nous a pas été difficile de deviner quel local servait de logis à mon frère. Sur la vitre de l'une des portes, on avait peint en rouge sang ces quatre lettres que j'avais appris à détester en un rien de temps: Mèt Y.

Mes coups contre la vitre empoussiérée ont fait s'agiter le store qui éclipsait l'intérieur du local, mais ils n'ont pas obtenu de réponse. J'ai frappé plus fort. La porte s'est entrouverte, pour révéler le visage exquis de Candice.

— Qu'est-ce que vous voulez? nous a-t-elle demandé. Le Mèt dort et il a ordonné que personne ne le dérange.

Son visage avait revêtu un masque de contrariété qui cachait mal le mélange de surprise et de joie qu'elle éprouvait à nous revoir. Un sourire se formait sur le coin de ses lèvres; était-il destiné à Pierre ou à moi?

Ce n'était pas le moment de s'en inquiéter. Je lui ai déclaré, sur un ton qui ne laissait pas de place à la discussion, que je désirais parler à Yannick *tout de suite* et que personne ne m'en empêcherait. Pour donner plus de poids à mes paroles, j'ai poussé la porte.

Candice a hoché la tête en signe de capitulation et elle s'est écartée de mon chemin. Bon sang qu'elle était jolie! Son tee-shirt fuchsia et ses jeans la moulaient comme une seconde peau. Sa beauté éclatait avec d'autant plus de force qu'elle ne cadrait pas du tout avec ce décor sinistre.

Elle est allée sur la passerelle rejoindre Pierre, qui l'a accueillie avec un sourire béat. J'ai eu un pincement au coeur à l'idée de la laisser seule avec Pierre. Tant pis! On verrait plus tard. J'ai refermé la porte sur eux et je me suis tourné vers mon frère.

Immobile dans ce silence de tombeau, Yannick gisait sur un amas de coussins empilés au-dessus d'un alignement de caisses. J'ai fait quelques pas vers lui. À mi-chemin de son lit improvisé, je me suis arrêté pour écouter ma respiration affolée. Je me suis approché encore. Je me suis élevé sur la pointe des pieds, pour mieux le voir.

«Il dort le jour, ne sort que la nuit, ai-je songé. Comme Dracula…»

J'ai tourné en rond, en proie à une agitation que je m'expliquais mal. J'ai dû faire le tour de la pièce au moins cinq fois, sans me résoudre à tirer mon frère du sommeil. J'hésitais, me demandant qui de Yannick Bergeaud ou de Mèt Y s'éveillerait si je secouais le corps endormi. Mon regard s'est arrêté sur une valise en bois noir au pied d'une des caisses qui faisaient office de sommier.

La découverte m'a stupéfié. Sur le flanc de la valise, j'ai reconnu l'aquarium que Yannick et moi avions mis des heures à peindre, il y a très longtemps. C'est papa qui nous avait donné cette valise. Je me suis agenouillé devant, l'ai couchée par terre.

À l'intérieur, s'entassaient une demi-douzaine de pinceaux, des tubes et des flacons de peinture à l'eau, quelques enveloppes adressées à Yannick de ma propre écriture. Et ce cahier à la reliure en spirale: maman l'avait offert à Yannick, la dernière fois qu'il avait passé Noël chez nous.

Saisi par un flot de souvenirs, j'en oubliais le temps. Je revivais les épisodes pathétiques de notre courte existence: l'enlèvement de notre père par les ténèbres incarnées; la transplantation dans cet hiver de pays; les déchirements et querelles sans conséquence pour un jouet égaré ou une bande dessinée endommagée. Mais aussi les étreintes réconfortantes dans les moments difficiles; les pique-niques l'été; l'amour, le vrai, que rien au monde ne pouvait éteindre; toutes ces mini-tragédies et ces petites joies qui font que deux gars sont frères.

J'ai feuilleté le cahier, m'extasiant à la vue des croquis et esquisses de mon frère. La maison de Port-au-Prince. La plage de Montrouis. Les mornes du nord haïtien. Le Saguenay en hiver, à la hauteur de Sainte-Rose-du-Nord. Le lac, dans son immensité bleue de mer intérieure.

Au fur et à mesure que j'avançais, je pouvais suivre l'évolution du style de mon frère, qui se faisait plus sinistre d'un dessin à l'autre. Les ébauches plus récentes représentaient des scènes lugubres où dominaient des teintes de bleu très sombre. Les formes y étaient de moins en moins précises; des nuées de brouillard drapaient les paysages dévastés.

J'ai cru reconnaître le terrain vague qui environnait le repaire des vlinbindingues, mais la plupart des autres aquarelles semblaient figurer le décor apocalyptique d'une autre planète.

De toutes ces ébauches, la dernière était celle qui m'intriguait le plus. On n'y voyait pratiquement rien, que des éclaboussures de divers bleus au milieu desquelles Yannick avait griffonné un mot inintelligible: CHTAKL'THDL. J'ai examiné longuement cette esquisse, cherchant à en déchiffrer le sens.

— Qu'est-ce que tu fais là?

La voix, rauque et agressive, m'a fait sursauter, si bien que j'en ai laissé échapper le cahier dans la valise.

— Ah, tu m'as fait peur..., ai-je dit en me tournant vers Yannick.

— Comment oses-tu venir déranger mon sommeil? a-t-il enchaîné sur le même ton hostile. Pour qui tu te prends?

À l'entendre m'apostropher ainsi, la colère s'est rallumée en moi.

— Et toi? Tu te prends pour un roi ou quoi?

— Je n'ai pas à me prendre pour qui que ce soit. Je *suis* Mèt Y, le chef des vlinbindingues!

Le contenu de la valise m'avait trompé; moi qui avais pensé retrouver enfin *mon* Yannick! Ma déception était comme une trappe obscure s'ouvrant sous mes pieds. Je me sentais m'enfoncer plus profondément dans la fureur.

Retranché derrière ses lunettes noires, Mèt Y m'a scruté, avec un calme tel qu'il en devenait effrayant. Je me suis rappelé l'expression qu'il avait eue la veille en face du détraqué qui venait de tirer à bout portant sur l'un de ses compagnons et qui menaçait de l'abattre. «L'air repu d'un dopé qui vient de se shooter sa dose d'héroïne», avait dit Pierre. Je me suis efforcé de ne pas frissonner.

— Je suis venu te demander de revenir avec moi chez maman, lui ai-je dit tout de go. Chez nous.

Un petit rire méchant a ronronné dans la poitrine de Mèt Y.

— Chez moi, c'est ici. Les vlinbindingues sont ma seule famille. Nous prenons soin les uns des autres...

— Tu veux dire qu'ils prennent soin de toi, au péril de leur vie! ai-je riposté. Qui c'était, le gars d'hier? Pourquoi est-ce qu'il voulait te descendre?

— Lui? Un imbécile qui refusait le nouvel ordre.

— Le nouvel ordre?

— Le mien, qu'est-ce que tu crois?

Il parlait d'une voix impitoyable, ses lèvres formant un rictus qui laissait croire qu'il n'avait plus toute sa tête ou, pire, qu'il n'avait plus de coeur. Qu'était-il arrivé à mon frère? Son personnage était monstrueux de froideur, vacciné contre tout accès de sensibilité.

Mèt Y m'a expliqué ce nouvel ordre, établi par lui. Avant qu'il devienne le chef des vlinbindingues, ce quartier était régi par de nombreuses bandes rivales qui passaient le plus clair de leur temps à se poignarder entre elles.

Son règne avait mis fin à ces guerres intestines. Les vlinbindingues avaient incorporé dans leurs rangs les membres des autres gangs.

Le forcené du *Breakdrums* était le chef d'une bande qui n'avait pas accepté de perdre son titre. Tant pis pour lui, disait Mèt Y. Pas de place pour les dissidents chez les vlinbindingues! Pour triompher de ses vrais ennemis, la bande devait former un tout uni, une armée obéissant à un seul chef, poursuivant le même but.

— Et ce but, quel est-il?

— Ben, voyons, a-t-il ricané, comme si la réponse était évidente. Saccager cette ville pleine de sales Blancs racistes! Y faire régner le désordre, la terreur, le chaos!

Je n'en croyais pas mes oreilles! Il débitait ce discours avec une ferveur fanatique qui décourageait toute envie de le contredire. Dans la pièce, la chaleur devenait écrasante.

— Qu'est-ce qui se passe, Yannick? Je ne te reconnais plus…

— Un proverbe dit: «Il n'y a que Dieu et les imbéciles qui ne changent pas.»

Je me suis tu, voyant bien que je n'arriverais à rien. Tout à coup, mon projet de le ramener à la raison m'a paru bien naïf.

Mèt Y et mon frère Yannick n'étaient pas la même personne. J'arrivais trop tard: le premier, en cannibale gourmand, avait dévoré la chair et le sang du second.

Un vide se creusait entre nous, que le silence s'empressait d'occuper. Il me fallait faire quelque chose. J'ai cédé à l'orage qui grondait en moi. J'ai donné à Yannick un bon coup de poing dans le ventre. J'y ai mis toute ma force, toute ma fureur, mais il n'a pas paru le sentir. Il a continué à me considérer en souriant.

— Bien, bien, approuvait-il sur un ton enjoué. Continue, petit frère! Laisse la rage te posséder. Elle va t'être utile si tu veux te joindre à moi…

Il a ajouté autre chose, à voix basse, des mots que je n'arrivais pas à entendre. Il y avait comme des coups de cymbales dans ma tête. J'ai voulu parler, dire n'importe quoi. Mais un fracas assourdissant a pris d'assaut l'entrepôt.

Comme un seul homme, Yannick et moi nous sommes précipités pour voir de quoi il retournait: les skinheads!

Chapitre 8

Jeu de puissance

De la mezzanine, je dominais la vaste surface de l'entrepôt, transformée en champ de bataille. Les skinheads tombaient de partout comme une pluie de météorites et les vlinbindingues les recevaient, poings et mâchoires serrés, sans la moindre hésitation. Dans quel guêpier étais-je allé me fourrer?

Mon regard a fait le tour de la scène, à la recherche de Pierre et Candice. Je me suis alarmé de ne les apercevoir nulle part. Mais l'atmosphère belliqueuse qui possédait la bâtisse a vite relégué cette inquiétude au dernier rang de mes préoccupations.

Les membres des deux gangs semblaient s'être affrontés à plusieurs reprises dans le passé. Ils se comportaient comme des danseurs engagés dans un ballet macabre, orchestré par un chorégraphe *destroy*. Je me serais cru en face d'une reprise de *Beat it,* le vieux vidéoclip de Michael Jackson, en plus sauvage, en plus sanglant. Surtout, il ne fallait pas espérer l'apparition improbable d'un ange pacificateur qui viendrait convaincre les deux parties d'enterrer la hache de guerre…

Comme des bêtes féroces lâchées les unes contre les autres, ils emplissaient l'entrepôt de leurs hurlements stridents, de leurs hoquets de douleur et de leurs grognements. Skins et vlinbindingues connaissaient tout des esquives, des feintes, des faux reculs et des brusques attaques de leurs adversaires. L'écume à la bouche, ils se piquaient avec leurs couteaux et leurs machettes, se frappaient à coups de chaînes et de planches cloutées. Ils roulaient sur le béton en se tapant sur la gueule autant qu'ils le pouvaient.

De mon perchoir, je comptais un peu plus d'une vingtaine de skins. De toute évidence, ils avaient eu vent de la descente de police au *Breakdrums.* Encouragés par la diminution des effectifs de la bande de mon frère, ils avaient décidé d'en profiter pour lancer cet assaut surprise.

Curieusement, l'avantage numérique ne leur garantissait pas une victoire facile, puisque plusieurs d'entre eux se tenaient loin de la mêlée. Sous la direction de leur chef, le type en uniforme de la Gestapo que Pierre et moi avions rencontré dans le métro, les skins parcouraient les allées avec l'air de chercher quelque chose…

Ils avaient disséminé des cocktails Molotov. De petits foyers d'incendie parsemaient la salle, répandant dans l'air des parfums de gazoline et de mort. Mèt Y traversait ce capharnaüm de poussière, de fumée et de sang, un sourire pervers accroché aux lèvres. Il marchait avec la désinvolture enjouée d'un écolo en promenade dans un parc au début du printemps.

«L'air repu d'un dopé qui vient de se shooter sa dose d'héroïne», répétait la voix de Pierre dans ma tête.

J'aurais voulu foutre le camp illico. Mais je n'arrivais pas à repérer d'issue.

Et puis, dois-je l'admettre, j'éprouvais une fascination morbide pour la scène qui se déroulait à mes pieds. J'assistais à une véritable orgie de folie furieuse, qui paraissait nécessaire à la survie du monde.

J'ai vu un skinhead lancer sa chaîne vers Yannick. Avec une rapidité stupéfiante, mon frère l'a attrapée au vol, il a tiré sur la chaîne pour ramener son assaillant vers lui et il lui a donné un coup de tête en pleine gueule.

Sonné, le skin est tombé à genoux. Mon frère s'est détourné de lui en riant à gorge déployée.

J'ai vu trois vlinbindingues cerner un skin. Deux d'entre eux lui tenaient les bras, tandis que leur compagnon, jointures de métal aux poings, pratiquait sur son visage une opération de chirurgie esthétique à froid. Une fois la face du skin réduite en bouillie, le plasticien improvisé lui a balancé un coup de genou dans les couilles qui l'a soulevé de terre et il l'a envoyé rouler parmi les ordures.

J'ai vu deux skins matraquer un vlinbindingue à coups de pied-de-biche, s'acharner sur lui même lorsqu'il était par terre. J'ai vu un vlinbindingue ouvrir le ventre d'un skin d'un coup de machette, aussi aisément qu'une braguette.

J'étouffais dans la chaleur, la sueur ruisselait sur mon front, sur ma nuque, sur mes paumes. Comme lors de ma prise de bec avec Pierre, je me sentais fiévreux. Mais ma colère n'était plus informe et sans nom. Réveillé par l'échauffourée, l'animal au fond de moi me lacérait les tripes. On aurait dit qu'un esprit descendait en moi, tentait de prendre possession de mes membres.

Soudain, au coeur de la tourmente, j'ai reconnu mon blouson de cuir et le dénommé Joss qui me l'avait pris! Le salaud avait le culot de venir parader ici avec *ma* veste!

Un brouillard opaque a obnubilé mes pensées. Tout a vacillé. Je me suis laissé emporter par la rage. Les poings fermés, je me suis rué vers lui.

Je l'ai atteint en pleine poitrine, tel un boulet de canon. Nous avons culbuté par terre, comme deux amants fougueux, jusqu'à ce que j'arrive à prendre le dessus. Un genou appuyé sous sa gorge, je lui ai donné un coup de poing, puis un deuxième, un troisième, un autre encore, et un autre. Je sentais craquer les os de son nez sous les coups. Son sang a ruisselé sur mes jointures, s'est mêlé au mien. C'était idiot, mais j'entendais dans ma tête le slogan d'une réclame de détergent à vaisselle: «Vos doigts trempent dedans»...

Entre deux de mes coups, le skin a réussi à placer un uppercut sous ma mâchoire. Sous l'impact, mon crâne s'est cogné contre une caisse de bois derrière moi. Je me suis mordu la langue. Le sang dans ma bouche a rendu ma salive épaisse et salée.

Secouant la tête, j'ai frappé mon adversaire avec plus de rage. Je ne savais plus vraiment où j'étais ni qui j'étais, ce que je faisais. J'étais devenu une machine meurtrière qui carburait à la souffrance d'autrui. J'étais déchaîné. Toute la fureur rentrée depuis deux jours éclatait dans ma tête comme des feux d'artifice.

Des cris jaillissaient de partout. J'ai cru que le ciel crachait sur nous des boules de feu. L'odeur du sang m'emplissait la poitrine d'ondes de chaleur, comme les bouffées d'un cigare mentholé ou les gorgées d'un alcool fort. Je me surprenais à en retirer une enivrante satisfaction.

Mes mains s'étaient refermées sur la gorge de mon adversaire et je serrais. Son visage pâle s'est empourpré et j'ai trouvé que la couleur lui allait bien.

Sa respiration se faisait de plus en plus sifflante. Les veines de son cou remuaient follement sous mes doigts. «Comme des vers de terre conviés à un enterrement», s'est amusé à dire une voix dans mon esprit. L'image me paraissait d'autant plus adéquate que j'avais la ferme intention d'étrangler ce salopard.

Le tuer n'était rien. Il l'avait mérité au moins cent fois!

— Stacey, non! a crié Pierre, très loin.

Sorti de nulle part, mon copain s'était jeté sur moi et tentait de m'obliger à lâcher le cou de mon ennemi. Le skin en a profité pour se défaire de mon emprise et se relever. Repoussant Pierre d'un coup de coude, j'ai tendu la main pour rattraper ma victime, mais je n'ai pu agripper que le col de mon blouson. Les coutures ont craqué et le skin a préféré s'extraire de la veste, comme un serpent qui mue, et s'enfuir.

Déjà, au loin, on entendait les sirènes des camions de pompiers et des voitures de police. Les skinheads ont aidé leurs blessés encore en état de marche à se relever, puis ils se sont précipités vers les issues. Au moment de sortir, celui en uniforme de nazi s'est retourné pour jurer à Mèt Y qu'ils se reverraient bientôt. Puis il a pris ses jambes à son cou.

De son côté, Mèt Y a ordonné aux vlinbindingues de se disperser avant que les flics se pointent. Ses troupes n'étaient plus assez nombreuses pour souffrir d'autres arrestations. Un petit restaurant du coin, *Le Délice des Tropiques,* servirait de point de ralliement, a-t-il décrété: rendez-vous dans trois heures.

Je me suis remis sur pied péniblement. J'avais les vêtements déchirés, les muscles endoloris, le visage couvert d'éraflures. Malgré cela, je me sentais plein d'une énergie nouvelle. J'ai enfilé mon blouson de cuir comme on revêt une armure. Pierre m'observait d'un drôle d'air. La sueur lui avait collé les cheveux au crâne, il haletait, à bout de souffle.

— Satisfait? m'a-t-il demandé, excédé.

— Qu'est-ce que tu veux dire?

— Tu sais très bien ce que je veux dire! Non, mais tu ne t'es pas vu avec ce gars… Encore un peu et tu le tuais!

— Et alors? Ça te dérange? me suis-je emporté inexplicablement. Tu défends tes frères de race? Et ça se disait mon ami…

— Stacey, je…, a-t-il bredouillé, abasourdi, mais je n'avais pas l'intention de lui laisser terminer sa phrase.

— Va te faire foutre, sale blanc-bec! Disparais de ma vue si tu ne veux pas que je te botte le cul!

Comme plus tôt chez l'oncle Bert, j'avais perdu la maîtrise de ma langue. Ces phrases insensées arrivaient sur le bout de mes lèvres trop vite pour que je puisse les retenir. Qu'il aille au diable! C'en était fini de notre

amitié, depuis qu'il avait laissé ces parti-
sans de la suprématie blanche m'humilier
dans le métro!

Décontenancé par mon hostilité, Pierre a
ébauché un mouvement de recul. Je me suis
penché pour ramasser une roche, dont je l'ai
menacé pour qu'il déguerpisse au plus sa-
crant.

Un sourire carnassier a illuminé le visage
sombre de Mèt Y. Il m'a tapé sur l'épaule
avec contentement.

— Bien fait, petit gars! Je savais qu'un
frère à moi pouvait pas être une mauviette
ou un lèche-Blancs…

À ces mots, un sentiment de puissance
m'a gonflé les poumons. Laissant tomber le
caillou dans ma main, je me suis tourné vers
Candice. Elle me considérait maintenant
avec l'expression de respect effarouché
qu'elle affichait devant Yannick. Cela me
plaisait infiniment.

Je me suis tourné de nouveau pour regarder Pierre qui s'éloignait à contrecoeur,
sans comprendre comment ni pourquoi je
lui avais craché ces paroles blessantes au visage.

Il était mon meilleur ami et je l'avais car-
rément envoyé au diable…

Mes yeux ont papilloté. Toutes ces émotions contradictoires me déroutaient. Il aurait fallu dormir, laisser au sommeil le loisir d'achever la mutation qui s'effectuait en moi. Pourquoi penser, pourquoi raisonner? Toutes ces questions qui m'avaient harcelé depuis deux jours n'avaient plus la moindre importance.

J'ai emboîté le pas à Mèt Y et aux membres de notre bande qui se hâtaient de quitter les lieux du carnage.

Chapitre 9

Les lauriers du guerrier

Mèt Y, trois autres vlinbindingues, Candice et moi avons passé une bonne partie de l'après-midi à errer dans Montréal et à commettre quelques mauvais coups pour le plaisir de la chose.

En montant dans un autobus, nous avons décidé que non seulement nous ne débourserions pas le tarif requis mais que, tant que nous serions à bord, aucun passager ne paierait. La conductrice du véhicule s'est montrée très coopérative. Si elle avait la moindre objection, elle s'est bien gardée de nous le faire savoir. À la vue de nos armes, elle n'a pas osé tendre la main vers le téléphone sur le tableau de bord ni appuyer sur le bouton qui actionne le signal de détresse.

Dans une boutique de fruits et légumes tenue par un Grec, notre leader nous a dit de prendre chacun une mangue. Quand le propriétaire a protesté, Mèt Y a juste souri et fait signe à l'un de nos confrères de dégainer sa machette. Le monsieur s'est tout à coup senti très heureux de nous offrir gracieusement les quelques fruits; il nous a même invités à en prendre d'autres. Nous avons décliné l'offre. Nous n'étions quand même pas gourmands à ce point!

Dans un magasin de disques d'occasion, nous nous sommes amusés à rayer à l'aide de pièces de monnaie les microsillons de la section punk-rock, pour des raisons assez évidentes.

Sur le mur d'un garage fraîchement repeint, nous avons laissé notre signature en lettres sanguinolentes: LES VLINBINDINGUES RÈGNENT!

Nous étions les maîtres et seigneurs toutpuissants de la ville et Mèt Y était notre chef.

À l'heure convenue, nous avons pris le chemin du point de ralliement de notre bande.

***

Le Délice des Tropiques, malgré son nom un tantinet prétentieux, était un restaurant de quartier modeste, aux allures de cafétéria. On y servait des plats haïtiens de tous les jours, rien de trop sophistiqué, comme du riz aux haricots rouges, du riz aux champignons noirs séchés, du boeuf aux légumes, du poulet créole, du «grillot» de porc ou des bananes-plantains frites ou bouillies. Le tout à des prix modiques dont nous n'avions pas la moindre idée, puisque les vlinbindingues inscrivaient tout sur leur ardoise.

Le patron du *Délice,* un bonhomme grassouillet du nom de Célestin, n'y voyait pas le moindre inconvénient. Sans doute estimait-il qu'il lui en coûtait moins cher d'offrir à notre bande un repas gratuit de temps à autre que de remplacer chaque semaine la vitrine de son restaurant fracassée pendant la nuit… Il s'est lui-même chargé de nous conduire à la grande table généralement réservée aux vlinbindingues.

— Autant d'action, ça ouvre l'appétit, a plaisanté Mèt Y. Il faut célébrer la réunion des frères Bergeaud.

Nous avons pris place et Mèt Y a commandé pour nous un «festin digne des dieux», qu'il désirait arroser de quelques bouteilles de rhum Barbancourt, évidemment. Toujours à porter au compte de notre bande. Étonnant tout de même que les vlin-bindingues, qui pour la plupart n'avaient pas d'emploi, jouissent d'un aussi bon crédit dans les établissements qu'ils fréquentaient!

Le repas s'est déroulé dans une euphorie grisante. J'ai bu beaucoup de rhum et j'avais chaud aux tempes. Moi qui ne fumais pas d'habitude, je grillais cigarette sur cigarette, tandis que Mèt Y faisait des projets pour la bande, pour lui et pour moi. D'abord, il faudrait se venger des skins, dès que la police aurait libéré les autres. Ensuite…

… je ne me souviens plus très bien.

L'alcool me montait à la tête. Je n'écoutais que d'une oreille. Toute mon attention était concentrée sur Candice, assise en face de moi. Intimidée par l'insistance de mon regard, elle picorait sans appétit, les yeux baissés sur son assiette.

Quand nous nous sommes levés de table, Mèt Y a adressé des compliments sarcastiques au patron. J'ai observé l'élégance feutrée des mouvements de Candice qui se redressait lentement, et le désir d'elle est encore monté en moi. J'ai tenté de dire quelque chose, mais je n'en ai pas eu le temps. Mèt Y m'a pincé un coude. Il avait une affaire pressante à régler ailleurs en ville. Il m'a dit, dans une formule un peu confuse, que, puisque Candice me plaisait tant, il me la «donnait». J'ai cru qu'il plaisantait, mais il a renchéri:

— Je suis très sérieux, Stacey. Tu la veux, elle est à toi! Je me la réservais, mais je peux bien te la laisser. Après tout, c'est pas tous les jours qu'on retrouve son frère cadet!

**

La chambre à l'étage était vide, à l'exception d'un vieux matelas qui traînait comme une île perdue au milieu de l'océan. Pour tout éclairage, il y avait la lumière tamisée de la veilleuse branchée au-dessus d'une plinthe.

Suivant les instructions laissées par Mèt Y à son départ, deux vlinbindingues nous y avaient escortés, sans se soucier des protestations futiles du patron du restaurant. Au fond, M. Célestin ne pouvait rien faire, sinon se boucher les yeux et les oreilles, comme il l'avait fait toutes les fois auparavant. Les vlinbindingues régnaient et mieux valait se plier à leurs désirs…

Candice et moi sommes entrés, elle la première tandis que je tenais la porte. Elle a suivi le mouvement de la porte qui se refermait derrière moi, avec une prière dans le regard. Puis elle a ramené son attention sur moi et elle m'a dévisagé, en s'efforçant de ne pas trembler, on aurait dit.

Je l'ai contemplée longuement. Candice, Candy, friandise... Je ne savais pratiquement rien d'elle, sinon qu'elle était belle et docile. Sans jamais dire un mot, elle acceptait le rôle que lui imposait Mèt Y avec la résignation d'une héroïne de tragédie antique, complètement soumise aux caprices de la Fatalité.

Tous mes muscles se sont crispés. Mèt Y me l'avait «donnée», elle «m'appartenait». J'étais tenté de la prendre avec violence, de la «posséder» corps et âme.

J'ai aperçu dans son regard le reflet du désir sauvage qui m'habitait et j'en ai eu honte. La tension s'est alors relâchée. Tout à coup, je ne comprenais plus très bien ce qui m'avait conduit dans cette chambre. Ce n'était pas de cette façon que maman m'avait appris à considérer les filles...

«Qu'est-ce que je fous ici?» me suis-je interrogé, comme si je m'éveillais en sursaut dans un endroit inconnu.

— Qu'est-ce qui te ferait plaisir? m'a-t-elle demandé d'une voix sans assurance, en s'asseyant sur le matelas.

La question m'a déconcerté. Son intonation, la crainte qui vibrait dans chacune de ses syllabes, me chamboulait. Peut-être parce qu'elle faisait écho à mon propre malaise. «Il se la réservait»… C'était donc dire que cela serait sa première fois, à elle aussi.

— Écoute, on n'est pas obligés, ai-je bafouillé, je veux dire, si tu n'en as pas envie…

Ma voix s'est brisée dans ma gorge. Le silence s'appesantissait sur nous. Sans m'entendre, elle a glissé ses jambes félines hors de ses jeans et, déjà, elle faisait mine d'enlever son tee-shirt.

Il fallait continuer à penser, repousser les vapeurs bleuâtres qui envahissaient mon cerveau. Retrouver l'accès à moi-même. Cette fille apeurée n'était pas mienne, elle ne l'avait jamais été. Soudain, je ne me reconnaissais plus aucun droit sur sa personne. Je n'avais plus envie que de l'étreindre et de lui offrir un maigre réconfort pour les épreuves qu'elle avait traversées.

Je me suis accroupi devant elle. Pour l'empêcher de continuer son numéro d'effeuilleuse, j'ai pris ses mains dans les miennes.

— Écoute, Candice, je ne veux pas… Enfin, pas comme ça!

Elle m'a regardé fixement, cherchant à comprendre mes scrupules. Mèt Y me l'avait «donnée», après tout. Qu'est-ce que j'attendais pour disposer de son corps selon mes fantasmes les plus osés?

Dehors, la lumière changeait peu à peu. Le soir se faisait abat-jour sur la ville chauffée à blanc. Les lampadaires se sont allumés, afin de compenser l'agonie des dernières lueurs du crépuscule.

Je me suis remis à parler. J'avais l'impression que le son de ma propre voix me permettrait de réorganiser mes pensées. Les effets conjugués de la bagarre de l'après-midi, de l'alcool et de la peur me rendaient hyper loquace.

J'ai déblatéré au sujet de papa et maman, de moi. De Yannick, mon grand frère, le héros de mon enfance, mon idole. À la manière d'un sorcier vaudou, j'ai arraché à leurs caveaux tous mes souvenirs enterrés vivants. Je les ai fait défiler à la queue leu leu, tels des zombis hallucinés. Bref, je me suis vidé le coeur jusqu'à ce que l'émotion se mêle à ma salive et forme dans ma gorge une motte compacte.

Durant tout mon monologue, Candice m'a couvé d'un regard où l'attendrissement luttait contre la méfiance.

— Pourquoi tu me racontes tout ça?

— Et toi? Pourquoi fais-tu ça? Pourquoi est-ce que tu acceptes la domination de mon frère?

— Le Mèt est puissant, tu sais, très puissant. Quand en plus il connaît ton nom secret, il peut te faire faire des choses… Tout ce qu'il désire!

«Ton nom secret»: cette expression a produit un déclic dans ma tête. Mais où l'avais-je entendue précédemment?

— Le nom secret? De quoi s'agit-il?

— Il ne faut pas parler de ça, a-t-elle fait, affolée. Il pourrait entendre…

Je n'ai pas insisté, dans la crainte de briser le climat de confiance qui s'installait tranquillement entre nous. J'ai préféré amener la conversation sur ses relations avec Mèt Y. Le connaissait-elle depuis longtemps? Comment était-elle devenue son jouet, son esclave?

Un peu réticente au début, Candice a fini par se livrer.

Elle avait rencontré Yannick pour la première fois chez son oncle, où elle habitait depuis sa venue au Québec. Il avait occupé leur appartement avant eux et il en avait été évincé après plusieurs mois de loyer impayé. Mon frère y était retourné pour prendre quelques effets oubliés lors de son départ précipité.

Mais je la connaissais, cette histoire! Son oncle et sa tante étaient donc les gens chez qui Pierre et moi avions sonné… Était-ce seulement la veille? On aurait dit que des mois s'étaient écoulés depuis. En tout cas, la coïncidence avait de quoi sidérer. J'ai encouragé Candice à poursuivre.

Elle l'avait revu souvent, par la suite, traînant dans le quartier. Elle avait appris par la rumeur qu'il s'était installé dans l'entrepôt condamné. Elle le savait dans la misère et elle avait pris l'habitude de lui apporter de temps à autre un bout de cassave, un bol de bouillon, n'importe quoi. Elle l'aimait bien, il savait la faire rire. À cette époque, il n'était pas encore Mèt Y. Il n'était que Yannick Bergeaud, un gars sympathique, bourré de talent, qui avait seulement besoin qu'on lui laisse sa chance.

La chance n'était jamais venue; au lieu

de cela, il avait eu ces cauchemars. Un matin, Candice l'avait trouvé dans l'entrepôt, tremblant comme un épileptique sous le choc de visions nocturnes qu'il prétendait recevoir d'outre-monde. Au fil des semaines, les visions étaient devenues plus fréquentes, plus obsédantes. Yannick parlait constamment d'une chose invisible à l'oeil nu qui puise sa vitalité dans les recoins les plus obscurs de l'âme humaine. Une souillure bleue, qui se repaît de traîtrise, de haine et de peur.

Il avait essayé de l'exorciser à travers son art, sans résultat. Le seul moyen de s'en libérer, répétait-il, aurait été de s'arracher les yeux. Les visions l'avaient rendu irritable, agressif. Effrayée, Candice lui rendait visite de moins en moins souvent. Elle avait perdu tout espoir de retrouver le Yannick qui l'avait amusée. Comme un cancer, ses cauchemars le rongeaient en dedans. Un matin, ils avaient entièrement dévoré Yannick Bergeaud et avaient restitué à sa place Mèt Y.

Un frisson m'a secoué. Candice me transmettait sa peur. Elle a enfoui sa tête entre ses bras et s'est abandonnée aux sanglots. Nous n'avons plus parlé. Je me suis contenté de la serrer contre moi. J'ai écouté le son de sa respiration devenir plus régulier au fur et à mesure que ses hoquets s'espaçaient. Je l'ai embrassée sur le dessus de la tête et je lui ai caressé les joues du revers de la main.

Un bruit m'a arraché à la douceur du moment.

Quelqu'un tapait au carreau. D'un pas mal assuré, je suis retourné à la fenêtre. Mon regard n'a d'abord rencontré dans la vitre que le reflet de mon visage couvert de bleus. Je me suis approché davantage et les tapotements se sont faits plus pressants.

Alors, j'ai relevé le châssis, ouvrant la voie à la gifle insolente de la brise et à mon ami Pierre.

Chapitre 10

Rituels secrets

Une fois revenu de ma surprise, j'ai aidé mon copain à enjamber le chambranle de la fenêtre. À ce qu'il semblait, Pierre avait grimpé sur la boîte à ordures adossée au flanc du restaurant, dans la ruelle en bas. De là, il avait sauté sur l'escalier de secours qu'il avait gravi en toute hâte. Il a posé sa main sur mon cou, m'a serré la nuque, puis il m'a donné une tape amicale sur la joue.

— C'est quoi, l'idée de jouer à Spider-man? Tu aurais pu te casser le cou!

Plié en deux, Pierre m'a fait signe de lui laisser quelques secondes pour reprendre haleine.

— Je sais, ouais. Je ne pouvais pas courir le risque de passer par la salle à manger. C'est plein de vlinbindingues et pas moyen de savoir lesquels en sont aussi. Referme cette fenêtre avant qu'ils s'aperçoivent que je suis arrivé par là... Heureusement que je t'ai vu d'en bas; j'avais peur que tu ne sois pas ici. Je n'aurais pas su où te chercher…

Essoufflé, Pierre enchaînait ces propos de manière décousue. Son regard a erré vers Candice dont il a remarqué la quasi-nudité. Il a haussé les sourcils, perplexe, mais il n'a fait aucun commentaire. Je n'ai refermé la fenêtre qu'à moitié. Je comptais sur le courant d'air frisquet pour m'aider à retrouver mes sens.

— «Lesquels en sont»? l'ai-je relancé. En sont quoi?

— Il faut trouver un moyen pour que Mèt Y soit hors d'état de nuire… Le tuer, s'il le faut.

— Le tuer, tu es malade? Yannick est mon frère…

— Je ne pense pas, non.

— Comment ça, tu ne penses pas?

— Écoute, Stacey, je te connais depuis trois ans. Nos mères sont des amies. On a usé les mêmes bancs d'école, les profs nous ont gardés en retenue ensemble. On est plus proches l'un de l'autre qu'on ne l'est des membres de nos familles. Je ne pense pas que cet animal soit ton frère.

Mes narines ont frémi. Je sentais renaître en moi la fureur de cet après-midi.

— Ne le traite pas d'animal! Retire tes paroles! ai-je crié en serrant les poings.

Pierre m'a poussé sur le matelas près de Candice, d'un geste ferme, mais sans violence.

— Je ne vais rien retirer du tout! Sors de ton rêve, Stacey: ce gars-là est dangereux, extrêmement dangereux. Il n'est pas ton frère, pas le Yannick dont tu m'as parlé.

— Qui est-il alors?

Mon copain a serré les lèvres avant de proposer sa réponse:

— Je ne sais pas. Probablement le Diable en personne…

— Voyons donc!

— Je l'ai vu, de mes yeux vu, je te dis… Avec le chef des skins. Ils sont complices. Et le pire, c'est qu'ils ne sont pas humains!

Qu'est-ce que tu racontes?

— Je l'ai vu, je te dis!

Il a tourné la tête, balayant la pièce du regard, s'assurant qu'il n'y avait que nous trois. Je me suis redressé pour lui faire face. Il m'a saisi les épaules et a amorcé le récit de son après-midi.

«Après notre engueulade, je suis parti de mon côté, complètement perdu. Je ne comprenais plus ce qui t'arrivait, mais je me doutais bien que ton frère y était pour quelque chose. On aurait dit qu'il t'avait transformé en quelqu'un d'autre… J'ai erré pendant plusieurs minutes. Je suis finalement retourné chez mon oncle. Je voulais être seul pour réfléchir, pour démêler tout ça.

«Sur la table de chevet dans notre chambre, l'oeil de vitre luisait toujours de son éclat maléfique. Mais le bleu de la pupille avait pâli, il tirait sur le vert lime.

«Je me suis assis sur mon lit, intrigué. Je regardais l'oeil en repensant à mon cauchemar. Je me suis souvenu de la brûlure qu'il t'avait faite quand le maniaque s'est fait sauter la cervelle au *Breakdrums*. Je me suis rappelé aussi la lueur qui s'était allumée dans le petit globe pendant notre chicane de ce matin. Tout ça avait un rapport, j'en étais certain. Mais lequel?

«De plus, je m'inquiétais pour toi. La fin de la journée approchait, nos mères allaient bientôt téléphoner. Qu'est-ce que je leur dirais? Je ne pouvais pas rester à rien faire pendant que tu parcourais la ville en compagnie d'une bande de terroristes. Ma peur de l'oeil de verre se dissipait, remplacée par la colère et la haine. Je haïssais ton frère de nous avoir séparés, je haïssais les vlinbindingues et les skins, je haïssais Vicky et même toi, Candice, de me faire souffrir. J'en voulais au monde entier, j'aurais aimé faire sauter la planète!

«C'est à ce moment que j'ai remarqué les pulsations lumineuses de l'oeil. On aurait dit qu'il cherchait à retrouver son éclat originel. Oubliant ma crainte, je l'ai pris dans ma main. D'abord, j'ai ressenti un chatouillement au creux de la paume. J'ai refermé le poing sur l'oeil. Et là, il y a eu comme un courant électrique. Des pensées se sont mises à clignoter dans ma tête comme des enseignes au néon.

«Un mot m'a traversé l'esprit: "faim"! Le mot a tournoyé dans mon cerveau, a accaparé mes pensées. Faim-faim-faim-faim-faim-faim-faim-faim-faim. Je n'avais plus que ça en tête!

«J'ai quitté l'appartement de Bert, guidé par une volonté étrangère à la mienne. J'ai traversé le quartier à grands pas. Sur les balcons, des vieux se berçaient en écoutant la musique de leur jeunesse. Je n'avais pas la moindre idée de ma destination, mais j'avançais en ignorant les feux de circulation. Je me heurtais à des gens dont j'oubliais le visage aussitôt. La nuit tombait.

Des dîneurs sortaient d'un bistrot en rigolant. Des amoureux flânaient le long des trottoirs. Des gamines jouaient à la marelle dans une cour d'école.

«Parvenu aux ruines d'une chapelle incendiée, je me suis frayé un chemin entre les gravats et les pans de murs écroulés jusqu'à l'emplacement de l'autel. Il faisait noir. Il faisait froid. Ça sentait la mort, mais le moindre son s'amplifiait en échos assez forts pour réveiller des cadavres. Tout à fait le genre d'endroit où on n'a pas intérêt à se promener seul…

«Seul, je ne l'ai pas été très longtemps. Peu après mon arrivée, j'ai entendu des pas. J'ai relâché ma prise sur l'oeil. Aussitôt, ma transe s'est rompue. J'ai inspecté très vite les alentours pour m'assurer que personne ne m'avait remarqué. Ensuite, je me suis planqué derrière ce qui restait du tabernacle, anxieux de connaître la suite.

«Les bruits de pas se sont rapprochés encore. Deux gars sont sortis de l'ombre, de chaque côté de la nef. À droite, Mèt Y. Et à gauche, tout propret dans son bel uniforme en cuir, le chef des skinheads!

«Je me suis étouffé avec ma salive! Ils marchaient l'un vers l'autre, aussi détendus que deux copains qui se retrouvent pour boire une bière après le travail. Ils se sont salués étrangement et ils se sont mis à parler dans une langue incompréhensible aux accents gutturaux. Je ne pourrais pas dire ce que c'était, mais ça ne ressemblait ni à du créole ni à de l'allemand.

«Le skin avait de la difficulté à construire ses phrases. En nage, il avait l'air fiévreux et sonné. Je ne comprenais absolument rien à son charabia, mais je percevais dans sa voix une espèce de lassitude. Mèt Y a essayé de le convaincre de quelque chose. Apparemment, il y a réussi. Le skin a enlevé ses lunettes de soleil.

«J'ai failli crier en apercevant l'orbite béante sous son sourcil gauche! J'ai regardé l'oeil postiche dans ma main, incrédule. Le borgne baragouinait et son autre oeil émettait une lueur jaunâtre qui correspondait bien à l'intonation fatiguée de sa voix. Les pièces manquantes du puzzle commençaient à se replacer, si tu permets le jeu de mots…

«Mais c'était juste le début! À son tour, Mèt Y a retiré ses verres fumés, découvrant des yeux bleus qui brillaient dans la nuit comme des phares. Avec l'aisance du type qui ôte ses verres de contact avant de se mettre au lit, il a écarté ses paupières pour s'arracher les yeux l'un après l'autre!

«Le skin a fait de même avec l'oeil qui lui restait. À la vue du sang qui dégoulinait des globes sur leurs joues et leurs doigts, j'ai senti de la bile au fond de ma gorge. En luttant contre le haut-de-coeur, j'essayais de détourner mon regard de cette scène, mais j'en étais incapable.

«Mèt Y et le skinhead ont collé leurs trois yeux au-dessus de leurs têtes, comme les épées des mousquetaires. Du même coup, les ruines de la chapelle se sont illuminées comme un sapin de Noël. Des éclairs bleus ont jailli des yeux de Mèt Y vers l'oeil du borgne. Sous l'effet des déflagrations, l'oeil du skin a verdi un peu. Les corps des deux gars (je ne sais plus si je peux les appeler des gars!) ont vibré, traversés par une décharge électrique.»

Pierre s'est interrompu, le temps de mesurer l'effet de ses révélations sur Candice et moi. Le malaise qu'il avait éprouvé devant ce spectacle était contagieux. Ses paroles m'inspiraient une horreur telle que j'en grinçais des dents. Quant à Candice, elle s'était pressée contre moi et je sentais les frissons qui la parcouraient.

— Et ensuite? ai-je réussi à articuler, les lèvres crispées.

— Ensuite, ensuite…, a répété Pierre, qui ne savait apparemment plus où il en était. Tu connais ce cliché de thrillers qui me fait toujours pouffer de rire? Quand le héros espionne les vilains qui discutent de leurs plans, il faut immanquablement qu'il fasse un bruit qui attirera leur attention sur sa cachette… C'est en plein ce qui m'est arrivé! En voulant changer de position pour mieux voir, j'ai tout bêtement glissé sur une roche. Après ça, je te promets que je ne me moquerai plus des scénaristes qui utilisent ce cliché, plus jamais!

«Les deux comparses se sont tournés vers moi avec une lenteur qui m'a paru infinie. Faut-il croire que leurs piles étaient à plat? Je n'ai pas pris le temps de le vérifier. Je devais détaler au plus Christ! J'ai enjambé, sans rien voir, les décombres de la chapelle. J'ai trébuché, je me suis relevé, j'ai couru à en perdre le souffle, sur une cheville foulée en plus, le plus loin possible du lieu de leur rituel démoniaque! Que Bruny Surin aille s'acheter des espadrilles: j'ai filé plus vite que mon ombre!

«Je ne me rappelle pas très bien toutes les étapes de mon sprint hystérique à travers la ville. Je pense qu'à certains moments, je fredonnais en courant; à d'autres, je ricanais d'un rire malsain. Je réentendais dans ma tête tes paroles de l'après-midi; tu m'avais dit d'aller chez le diable… Tu ne t'imaginais pas si bien dire!

«Je me suis arrêté dans une cabine pour appeler Bert, mais pour faire chier, il n'était pas au poste de police! La standardiste m'a demandé si je voulais laisser un message et je me suis souvenu du nom de ce foutu restaurant. J'ai demandé qu'on dise à Bert de venir nous chercher ici. Et me voilà!»

Pierre s'est tu. Ses joues pâles étaient parsemées de perles liquides où se mirait la lumière de la veilleuse. Je me suis éclairci la gorge, j'allais dire quelque chose…

Mais soudain, venant de dehors, la voix de Mèt Y a retenti!

Chapitre 11

Une partie de cache-cache

Juste à entendre la voix du chef des vlin-bindingues, un nouvel accès de terreur est monté de mes tripes à ma tête à une vitesse telle que j'en ai eu le vertige. Que penser de ce que Pierre venait de raconter? Quel lien établir entre cette histoire et celle de Candice? Un imposteur prenait la forme de Yannick? Un monstre venu d'outre-monde? L'énormité de la situation me dépassait purement et simplement.

— Il s'approche, a dit Pierre en regardant par la fenêtre.

Dehors, la nuit avait fondu sur Montréal avec l'avidité d'une meute de chiens affamés. Escorté par deux vlinbindingues, Mèt Y traversait la rue en vociférant. Ses hommes et lui avançaient au pas de guerre; ils ressemblaient aux membres d'une escouade de la mort!

J'ai songé aux hommes de la nuit qui

avaient enlevé papa à tout jamais.

— Combien tu gages que c'est moi qu'il poursuit? a dit Pierre. Il a deviné que je viendrais te retrouver. Il veut l'oeil de son copain. Évidemment, le chef des skins n'est pas avec lui. Mèt Y aurait eu bien trop de mal à expliquer à ses troupes la nature de ses relations avec son prétendu ennemi…

— Tant mieux, ai-je trouvé à me réjouir. Ça nous en fait un de moins à affronter!

— De toute façon, je ne crois pas que le skin soit un adversaire redoutable…

— Comment ça?

— Je n'en suis pas sûr, mais je pense qu'il est mourant. Si j'ai bien compris, les yeux de vitre leur servent à capter l'énergie dont ils se nourrissent. Le skin a dû perdre son oeil gauche pendant un affrontement dans le repaire des vlinbindingues…

— Et c'est ce qu'il cherchait durant la bagarre de cet après-midi?

— Oui, Mèt Y avait probablement ordonné à ses gars de chercher aussi l'oeil du skin, ce matin! Il fallait le récupérer de toute urgence: avec un oeil en moins, il semble que le skin ne soit pas capable d'absorber assez d'énergie pour se maintenir. Ça doit être pour cette raison que la couleur de l'oeil est passée du bleu au vert, du vert au jaune…

— Vous ne trouvez pas le moment mal choisi pour discuter de la couleur de leurs yeux?

Candice s'exprimait d'une voix claire, pleine d'une fermeté nouvelle. Je me plaisais à penser que les liens de solidarité entre nous trois renforçaient chacun d'entre nous. «Tous pour un et un pour tous», comme on dit dans les aventures de cape et d'épée.

— Tu as raison, Candice. Qu'est-ce qu'on fait maintenant?

— Aucune idée, a répondu Pierre. Mais je suis ouvert aux suggestions…

Penser vite! Chose sûre, il nous fallait sortir d'ici. Mais comment? Et pour aller où?

***

Quand Mèt Y a fait irruption dans la chambre, nous n'y étions plus. De notre abri, nous pouvions l'écouter. Avec une voix qui n'avait plus rien de celle de Yannick, il rageait et aboyait à ses sbires des ordres en créole. Fermer le périmètre. Patrouiller dans toutes les rues. Retrouver

Pierre à tout prix. Nous avons entendu l'escalier de secours rouillé se déployer en grinçant sous le martèlement de leurs pas pressés. Ils sont cependant passés devant notre cachette sans s'arrêter et ils ont continué de courir dans la ruelle.

Apparemment, le vieux truc de *La lettre volée* d'Edgar Allan Poe fonctionnait toujours à merveille. Dans cette nouvelle, Poe disait que la meilleure façon de dissimuler un objet consistait à faire en sorte qu'il soit tellement en évidence que les gens ne le remarquent plus.

Candice avait proposé que nous nous réfugiions ici. Pierre et moi avions d'abord grimacé de dégoût. Cependant, Mèt Y venait de faire son entrée en gueulant dans la salle à manger au rez-de-chaussée; il ne tarderait pas à monter dans la chambre. À défaut d'une meilleure inspiration, il a bien fallu nous résigner. Ainsi, nous avions dégringolé l'escalier de secours pour nous jeter dans la boîte à ordures.

Inconfortablement assis sur des coussins de détritus, j'étouffais littéralement. L'air empestait le poisson, les fruits pourris et le pipi de chat. Il faisait chaud. J'avais la nausée. Claustrophobe, moi? Pas du tout! Mais qui a déjà rêvé de passer un soir d'été au fond d'une poubelle?

— On va sentir la bête puante comme ce n'est pas possible quand on sortira d'ici! a blagué Pierre à demi-voix, histoire de détendre un peu l'atmosphère.

— Si on sort d'ici…, ai-je répliqué lugubrement, pour lui signifier que l'heure n'était pas à la plaisanterie.

Pourtant, notre situation invraisemblable comportait bel et bien une part grotesque qui n'était pas si éloignée que ça de la tragicomédie. Je nous imaginais en train de raconter à nos parents les détails de notre séjour dans la métropole. «Et alors, qu'est-ce que vous avez eu le temps de visiter à Montréal?» nous demanderaient-ils. Et nous répondrions: «Pas grand-chose: des taudis, des entrepôts condamnés, des églises en ruine et des boîtes à ordures!»

J'ai senti quelque chose bouger sous mes fesses. Quelque chose de vivant…

— Vous croyez qu'il y a des rats ici?

— Non, ils sont dehors, les rats, a répondu Pierre en faisant allusion aux vlinbindingues dans la ruelle.

Nous avons fait une pause, puis j'ai repris la parole.

— Et l'oeil? Tu l'as sur toi?

— Bien sûr que non.

— Tu l'as mis où, alors?

— En lieu sûr, ne t'inquiète pas.

— Chut, les gars, a fait Candice. Ils sont tout près.

Elle disait vrai. Ce n'était surtout pas le moment d'attirer l'attention sur la boîte à ordures: si le cliché se vérifiait deux fois dans la même soirée, Pierre serait plongé dans une dépression nerveuse!

J'ai regardé mon copain. Sa pomme d'Adam allait et venait dans sa gorge comme un yo-yo dément. La peur me tordait les boyaux. J'ai cru pendant un moment que j'allais faire dans mon pantalon. Mais mon hésitation a été suffisante pour m'en empêcher: je ne voulais pas ajouter à la puanteur de notre abri. Par contre, je ne parvenais pas à calmer les battements de mon coeur ni à maîtriser le claquement de mes dents.

— Arrête, m'a ordonné Pierre. Tu veux qu'ils t'entendent?

— Je suis désolé, je n'y peux rien…

La voix de Mèt Y a retenti de nouveau, mais d'une manière bien étrange. J'avais l'impression qu'il avait pénétré à l'intérieur de mon crâne et que c'était de là qu'il parlait. Pierre a regardé à droite et à gauche, comme s'il s'attendait à trouver mon frère à nos côtés. Il n'y était pas et pourtant nous l'entendions murmurer, plus doucement qu'une brise traversant les feuilles d'un arbre, un mot, un seul. Son murmure a empli ma tête d'échos métalliques, pareils au bruit que font des sabres qui s'entrechoquent.

— Candice, a-t-il dit, tout simplement.

Elle a blêmi en entendant Mèt Y l'appeler et ses lèvres ont frémi. Il a répété son nom très distinctement, y ajoutant cette fois un mot incompréhensible prononcé dans une langue inconnue. C'était comme une incantation. J'ai songé à ce que Candice m'avait révélé un peu plus tôt: «Quand en plus il connaît ton nom secret, il peut te faire faire des choses… Tout ce qu'il désire!»

— Ne l'écoute pas, Candice! lui ai-je dit.

Peine perdue! La voix de Mèt Y devait résonner dans sa tête avec davantage de clarté que dans la mienne ou celle de Pierre. Elle a émis un gémissement étouffé. Pierre a tout de suite mis sa main sur la bouche de Candice.

— Candice, doudou, l'a appelée Mèt Y.

Où te caches-tu? Allez, Candice, assez joué, viens à papa…

Mèt Y a encore prononcé ce mot étrange. Entièrement livrée à sa voix, Candice rageait comme une tigresse pour se dégager. Pierre tenait bon, mais je n'ai pas pu m'empêcher de penser que c'en était fini de nous! Candice est finalement parvenue à repousser Pierre. Dans leur lutte, ils se sont cognés contre la paroi interne de la boîte à ordures, qui a alors vibré comme la grosse caisse d'une batterie.

Un court silence a suivi, puis les bruits de pas se sont rapprochés.

— Il n'y a pas d'issue, mes cocos! a ricané Mèt Y.

Nous avons laissé quelques secondes s'écouler, comme s'il suffisait de nous taire, de faire les morts pour qu'il disparaisse. Au fond, nous savions bien que Mèt Y avait raison. Nous étions cuits. «Si seulement l'oncle Bert pouvait arriver maintenant», ai-je souhaité. Évidemment, ç'aurait été trop beau! Il n'y a que dans les westerns que la Septième Cavalerie se présente au bon moment pour sauver les héros en détresse…

De guerre lasse, Pierre a relâché Candice. Robotisée, elle a soulevé le couvercle de la boîte. La lueur blafarde d'un lampadaire a coulé sur nous.

— Christ! a grommelé Pierre.

— Regardez-moi ça, s'est moqué Mèt Y en s'adressant à ses sbires. C'est fou, les trésors qu'on peut trouver en fouillant dans les poubelles… Ça me donne presque le goût de lancer une entreprise de récupération!

Amusés par les sarcasmes de leur chef, les vlinbindingues nous considéraient avec mépris. L'un d'entre eux a aidé Candice à sortir. Je n'en voyais que cinq, en comptant Yannick, mais c'était suffisant pour maîtriser deux maigrichons comme Pierre et moi. De toute façon, à quoi bon résister? Les autres les rejoindraient sûrement d'une minute à l'autre.

À contrecoeur, je me suis redressé. Même si je n'étais pas mécontent de quitter ce tombeau aux relents pestilentiels, j'aurais préféré en émerger dans de meilleures circonstances. Pierre s'est levé à son tour, jetant un coup d'oeil méchant en direction de Candice. Je ne pense pas qu'il lui en ait voulu. S'il croyait réellement ce qu'il nous avait raconté sur Mèt Y, il ne pouvait lui tenir rigueur d'avoir cédé aux pouvoirs d'une créature surnaturelle…

Et moi? Y croyais-je à cette histoire de monstres venus d'un autre monde? J'étais confus, j'ignorais quoi penser. Tout ce que je savais, c'était que la demi-douzaine de fiers-à-bras qui nous encerclaient n'hésiteraient pas à nous faire passer le pire quart d'heure de notre vie. Sauf si…

— Donne ce que je cherche et je ne te ferai aucun mal, a proposé Mèt Y à Pierre.

— Ouais, mon oeil! a caboteiné mon copain, incapable même en ce moment de tension extrême de résister à la tentation d'un mot d'esprit.

— Petit péteux! a grogné Mèt Y en saisissant Pierre par le collet. Tu te trouves brillant, hein?

— Un peu. Mais pas autant que les trucs que tu caches derrière tes lunettes…

— Où est-il? Si tu l'as laissé dans cette poubelle, je jure que je te fais avaler tout ce qu'elle contient pour le retrouver!

En guise de réponse, Pierre a esquissé un sourire qui a fait sortir Mèt Y de ses gonds. Soulevant mon copain plus aisément que s'il s'était agi d'un épouvantail, il l'a balancé dans la boîte à ordures.

— Qu'est-ce qui se passe, Mèt Y? l'a défié Pierre, comme si ces bravades lui garantissaient une espèce de victoire sur Yannick. Tu as l'air choqué noir-comme-le-poêle!

Du bout de l'index, Mèt Y a lissé sa moustache. Malgré ses verres fumés, on devinait les lueurs sadiques dans son regard.

— Par la torture, je pourrais te révéler des parties de ton corps dont t'as pas idée de la sensibilité. Mais je pense que t'es une telle bourrique que ça servirait à rien. Tu résisterais juste pour me montrer à quel point t'es un homme et je finirais par t'avoir amoché sans rien tirer de toi. Par contre, en serrant un petit peu le bras de la jolie Candice…

— Yannick, non! suis-je intervenu.

— La ferme, petit frère! a-t-il aboyé sans même prendre la peine de me regarder. Tu m'as déjà assez déçu. Je m'occuperai de toi plus tard. Pour l'instant, je veux l'oeil de vitre!

Il s'est alors tourné du côté de Candice. Elle n'a pas fait le moindre geste, se contentant de l'observer avec effroi.

— Je regrette d'avoir à te faire ça, doudou, mais tu m'as laissé aucun autre choix en t'acoquinant avec le blanc-bec.

— Yannick!

— J'ai dit: la ferme! J'ai pas l'intention

de répéter!

Sa bouche s'était déformée en un rictus. La haine qui marquait ses traits l'enlaidissait. Comment avais-je pu croire qu'il était mon frère? Il s'est approché de Candice en souriant, il a posé une main sur sa poitrine, doucement d'abord. Puis il lui a empoigné un sein et l'a tordu si fort qu'elle a poussé un cri de douleur terrible.

Par réflexe, je me suis jeté sur lui, mes poings visant son visage. Malgré sa surprise, il a réussi à m'esquiver, mais ma main gauche avait accroché ses verres.

Les lunettes sont tombées par terre, révélant à tous ses yeux de saphirs qui brillaient dans la nuit d'une lueur irréelle.

Chapitre 12

Bas les masques!

— Regardez-le, votre chef! triomphait Pierre en se relevant. C'est à *ça* que vous obéissez aveuglément, cette chose qui veut notre perte à tous!

Les vlinbindingues présents regardaient Mèt Y, puis Pierre, puis encore leur chef. De toute évidence, ils ne comprenaient plus rien.

— Vous voyez bien que ce n'est pas un humain, bande de caves! renchérissait Pierre. C'est un monstre, un démon!

Pour ma part, je me sentais défaillir. Je n'osais plus bouger. Mèt Y m'a regardé de haut. Ses pupilles luisaient encore, de leur éclat indigo. Pat, le vlinbindingue à l'allure d'homme des cavernes, a dégainé sa machette, puis il s'est avancé vers Mèt Y. Il jetait des coups d'oeil sur ses acolytes, comme pour chercher chez eux un soutien qui tardait à venir.

Lentement, Mèt Y s'est retourné vers Pat. Son rictus lui donnait un air de carnivore. L'homme de Cro-Magnon s'est campé devant lui, coutelas à la main, décidé à réclamer des explications. Mèt Y ne lui en a pas laissé le loisir. Le claquement de sa main sur la joue du vlinbindingue a résonné comme un coup de feu. Pat a levé sa machette pour répliquer. Plus prompt, Mèt Y a prononcé, de sa voix de stentor, quelques mots dans cette langue qui — je n'avais plus le moindre doute là-dessus — n'était pas de ce monde!

Pat s'est statufié sur-le-champ. Stupéfait, je me suis tourné vers les autres vlinbindingues. Tous semblaient s'être changés en mannequins de cire.

— Qu'est-ce que tu leur as fait? ai-je demandé.

— Notre pouvoir sur eux dépasse votre entendement.

J'ai remarqué son utilisation du «nous», mais je n'en comprenais pas encore le sens.

— Qu'est-ce que tu leur as fait? ai-je répété, bêtement.

— Tout être vivant a un nom secret, m'a expliqué Mèt Y. Un genre de matricule existentiel, gravé au tréfonds de son âme.

Quiconque connaît ce code peut disposer à sa guise de cet être…

— Qu'est-ce que tu racontes? a lancé Pierre.

— Avant que nous arrivions ici, ces paumés passaient le plus clair de leur temps à ruminer leurs frustrations rendues plus aigres par les petites humiliations de tous les jours. Leurs esprits surchauffés par la hargne constituaient une prise d'autant plus facile pour nous. Nous les avons placés sous notre tutelle pour leur donner une utilité…

À ce moment, la voix grave de Mèt Y ne ressemblait plus en rien à celle de mon frère aîné. Je devais me rendre à l'évidence: je n'étais pas en présence de Yannick Bergeaud, je ne l'avais probablement jamais été depuis mon arrivée à Montréal! Mèt Y continuait à s'extasier sur son aisance à séduire les esprits en proie à des troubles émotifs, comme les jeunes délinquants.

— Qui es-tu? ai-je demandé.

— Qui crois-tu que nous soyons?

— Pete dit que tu es le Diable…

— Quel superstitieux, ton copain! Avons-nous la peau rouge, des cornes, des pattes de bouc et une queue fourchue?

— Tu es quoi, alors? l'a relancé Pierre.

— Peut-être un génie maléfique du vaudou, comme le pense la jolie Candice…

— Yannick? ai-je risqué.

— Il est bien là…, m'a répondu Mèt Y en tapotant du bout de l'index le milieu de son arcade sourcilière. En partie…

— Je ne comprends pas. Qui es-tu, pour l'amour du Christ?

— Légion, nous étions ici bien avant la naissance de votre Christ. Votre espèce en était à ses premiers balbutiements. Depuis la nuit des temps, nous vous avons escortés à travers votre histoire sanglante. La chute de Babylone, les campagnes d'Alexandre, le déclin de l'empire romain, nous étions là. Les guerres napoléoniennes, la saignée de l'Afrique, le génocide des nations amérindiennes, nous y étions toujours. L'Inquisition espagnole, les camps de la mort de l'Allemagne nazie, les émeutes à Soweto, nous y avons assisté, aux premières loges.

À ces mots, j'ai repassé dans ma tête un montage maison des voix de Pierre et de Candice:

«L'air repu d'un dopé qui vient de se shooter sa dose d'héroïne…»

«Une chose invisible à l'oeil nu qui puise sa vitalité dans les recoins les plus obscurs de l'âme humaine… Qui se repaît de traîtrise, de haine et de peur…»

J'ai songé à toutes les atrocités commises dans le monde par des brutes dont on ne voit jamais le regard.

— Vous seriez donc responsables…

— Jamais de la vie! s'est esclaffé la chose qui s'était fait passer pour Yannick. Nous ne sommes d'aucune façon à blâmer pour la cruauté de votre espèce. Elle est innée. Disons que votre barbarie nous accommode et que nous faisons de notre mieux pour l'entretenir. Nous sommes des *catalystes,* si on veut.

— Ça revient au même! a fait Pierre.

— C'est un point de vue que nous ne partageons évidemment pas, s'est moqué Mèt Y.

La rage m'a pris au coeur. Cette chose (ou ces choses? je ne savais plus si je devais parler de cela au singulier ou au pluriel) avait usurpé l'identité de mon frère et s'était complu à mettre la ville à feu et à sang, encourageant les plus bas instincts des bandes rivales pour leur propre bénéfice!

— Et mon frère…?

— Lorsqu'en rêve nous avons pris contact avec l'esprit de Yannick Bergeaud pour la première fois, il n'était qu'un pauvre paumé idéaliste, un inadapté social sans avenir. Nous lui avons donné ce dont il avait toujours rêvé: la force, le pouvoir de faire tout ce qui lui plaît. Il s'est joint à nous de son propre gré…

— Je ne vous crois pas! Vous l'avez trompé, vous vous êtes servis de lui!

— Oh que non, jeune naïf! Yannick ne demandait pas mieux que d'être possédé, car ainsi nous l'affranchissions de ce passé qui le torturait.

— Vous l'avez tué!

— Pas tout à fait. Lorsque nous nous greffons sur le cerveau d'un hôte par la voie de ses nerfs optiques (une opération irréversible, bien entendu) il arrive qu'une partie de la personnalité originale subsiste…

— Et alors?

— La partie de nous qui est encore Yannick Bergeaud ne se résout pas à te tuer comme la logique le voudrait, est alors intervenue une voix pareille à celle de Mèt Y au bout de la ruelle.

Je me suis retourné. Malgré la pénombre, j'ai reconnu l'uniforme de la Gestapo. Le chef des skins! Il avançait péniblement, comme si chaque pas exigeait davantage d'efforts que le précédent. Il ne portait plus ses verres. On pouvait voir la grotte béante sous son sourcil gauche et l'oeil droit, brillant d'une lueur fluorescente. La peau de son visage semblait flétrie; il donnait l'impression d'avoir pris un coup de vieux.

— Voilà pourquoi nous t'offrons de te joindre à nous, Stacey Bergeaud, ont continué Mèt Y et le skin, d'une seule voix en stéréophonie. Accepte, et nous t'épargnerons.

— Et que comptez-vous faire de moi? s'est enquis Pierre.

Il m'a semblé que la réponse est sortie de la bouche de Mèt Y, mais il devenait de plus en plus ardu de distinguer lequel des deux prenait effectivement la parole:

— Pour exister dans votre continuum, nous devons scinder nos consciences et les distribuer dans ces globes de verre qui constituent des abris. Ce sont aussi des prismes par lesquels nous filtrons l'énergie nécessaire à notre survie...

— Depuis la perte de l'un des yeux, le support corporel que nous utilisions n'a cessé de se dégrader, a expliqué le skinhead en faisant allusion à son propre corps. Dès que nous aurons récupéré l'oeil manquant, nous le grefferons sur ton corps.

— Beau programme! a ironisé mon copain. Et si je refuse…?

— Qui a parlé de te laisser le choix? Il est vrai que ta personnalité très forte te rend plus dur à maîtriser que les frères Bergeaud ou Candice, par exemple. Nous aurions préféré un hôte plus docile pour devenir le nouveau chef des skins, mais tu es le Blanc le plus proche. De toute façon, une fois tes yeux arrachés, nous sommes sûrs que tu sauras te montrer très coopératif…

Le néo-nazi et celui que j'avais cru être Yannick se sont alors adressés à moi.

— Quant à toi, Stacey, joins-toi à nous de ton plein gré. Donne-nous ton nom secret, deviens un avec nous!

Ils me tendaient la main, presque amicalement. Comment ne pas penser à cette scène de l'Évangile où le Démon tente de séduire Jésus dans le désert?

— Jamais! Plutôt mourir!

Ils se sont regardés, puis Mèt Y a poussé un soupir.

— Tant pis pour toi, alors! Tu vas mourir!

Mèt Y et le skin ont fait un pas vers moi, menaçants.

Tout à coup, un souvenir fulgurant m'a

traversé l'esprit. J'ai crié à m'en érafler la gorge:

— N'avancez plus! C'est vous qui allez mourir, Chtakl'Thdl!

Mes deux assaillants se sont immobilisés, incrédules. Une voix intérieure venait de me dicter ce nom imprononçable. À voir leur réaction, j'avais trouvé leur talon d'Achille. Pierre et Candice se sont autorisé un sourire de victoire. Encouragé, j'ai enchaîné avec un regain d'assurance:

— Alors, salauds? On se sent moins braves quand on se rend compte que je sais votre nom secret?

Mèt Y a encore ébauché son détestable rictus de barracuda.

— Réfléchis, Stacey Bergeaud: en nous détruisant, c'est ton frère que tu détruis aussi…

J'ai hésité un moment. Ils cherchaient à me confondre, pour gagner du temps. Je n'en avais plus à perdre: il fallait que je règle leur compte, tandis que j'en avais encore le cran. En souvenir de Yannick!

— Vous avez déjà tué mon frère, ordures! À votre tour de crever! Retournez dans l'enfer d'où vous êtes sortis, Chtakl'Thdl!

— Non! a protesté le skin.

— Disparaissez, Chtakl'Thdl, j'ai dit! Disparaissez!

Le visage de Mèt Y s'est déformé, s'est mis à fondre comme la cire d'une bougie. Des plaques de moisissure bleue se formaient sous ses paupières. Sa peau se boursouflait par endroits, se fêlait en d'infimes craquelures par lesquelles ruisselaient des coulées de pus verdâtre. Sujet à la même transformation, le chef des skins a poussé un hurlement où se mêlaient rage et douleur. Son orbite vide a craché des larmes de sang visqueux qui ont roulé sur sa joue.

Les deux chefs de bandes se sont effondrés par terre. À la manière de *breakdancers* hyperactifs, ils se tordaient, agités par des spasmes. On aurait dit deux lanières de bacon dans une poêle à frire. Leurs peaux se flétrissaient comme des fleurs qui se fanent. Les deux corps pétillaient sous l'effet d'un feu qui les consumait de l'intérieur. Ils se carbonisaient sous nos yeux en dégageant des parfums putrides.

Écoeurée, Candice a enfoui sa tête au creux de l'épaule de Pierre. Moi aussi, j'ai eu envie de détourner mon regard de ce spectacle, mais je n'y arrivais pas. La nausée me faisait hoqueter, mais toujours j'ob-

servais la scène avec une fascination morbide, incapable de m'ôter de l'esprit que la
forme qui se décomposait à mes pieds était
celle de mon frère. Yannick? Que lui avais-
je fait? Les mots de Mèt Y me revenaient à
l'esprit: «En nous détruisant, c'est ton frère
que tu détruis aussi!»

Soudainement, je me suis senti complice
de sa mort! J'aurais voulu me faire tout petit, me recroqueviller dans les bras de ma
mère qui était loin, beaucoup trop loin.

Les lueurs qui enflammaient les prunelles
de Mèt Y ont tourné au vert, puis au jaune.
Des vapeurs irisées ont émané de ses orbites
où les globes de verre tombaient en poussière. Ces volutes aux reflets d'arc-en-ciel
ont tournoyé dans l'air et se sont bientôt
confondues avec d'autres identiques, émises par l'oeil également émietté du skin.
Elles ont constitué un nuage qui se compri-
mait et se dilatait en accordéon en planant
au-dessus de nos têtes.

Le nuage compact a esquissé une créature
tentaculaire, une espèce d'hydre à mille
têtes équipée de mille bouches où s'ali-
gnaient mille canines acérées. La vision
s'est maintenue un moment, claire comme
du cristal. Puis le nuage s'est estompé, tel

un cauchemar sous les premiers rayons du soleil.

Dans l'obscurité silencieuse de la ruelle, pour la première fois depuis des années, Yannick était avec moi. J'ai senti sa présence, tout près, comme quand j'étais gamin et qu'il me tenait dans ses bras pour me consoler d'un bobo, d'une injure raciste dans la cour de l'école ou d'une déception sentimentale. Comme papa, il était mort, je le savais maintenant hors de tout doute, et pourtant il était à mes côtés, il me serrait la main.

C'était lui, j'en étais convaincu, qui m'avait soufflé le nom de la chose, lui qui m'avait sauvé!

Épilogue

L'oncle Bertrand avait finalement reçu le message de Pierre. Tardive, la cavalerie! Lui et son coéquipier nous ont trouvés dans la ruelle, au milieu des vlinbindingues qui émergeaient de la léthargie où les avait plongés Mèt Y, avec l'impression de s'éveiller d'un mauvais rêve. Bientôt rejoints par trois autres voitures de patrouille, les agents de police ont arrêté les membres du gang pour les interroger au sujet des deux cadavres incinérés au fond de la ruelle.

J'anticipais avec amertume les manchettes du lendemain: «Des voyous haïtiens infligent le "Père Lebrun*" aux membres d'un gang rival.» Étant donné l'état des corps de Yannick et du skinhead, l'hypo-

---

* Ce terme désigne un supplice devenu tristement célèbre en Haïti. Il consiste à immoler une victime au moyen d'un pneu imbibé d'essence qu'on lui met autour du corps.

thèse d'un règlement de comptes serait tout à fait plausible pour les abonnés de la presse à sensation. S'ils savaient la moitié de la vérité...

Pierre et moi aurions plusieurs explications à fournir, selon l'oncle Bertrand, sur ce que nous savions concernant les incidents au *Breakdrums,* à l'entrepôt et bien sûr dans la ruelle. Nous avons haussé les épaules. Nous devrions user de toutes nos ressources de conteurs pour inventer une salade qui ne nous vaudrait pas l'internement dans un hôpital psychiatrique. Évidemment, pas question de raconter la vérité sur Mèt Y et les créatures d'outre-monde!

Pierre estimait que nous ne pourrions éviter une série de cauchemars au cours des prochaines nuits. Puis la terreur s'amoindrirait et les mauvais souvenirs ne seraient plus que cela, des mauvais souvenirs... Pour ma part, j'avais du mal à croire que je réussirais un jour à oublier cette aventure. Comment inhumer le souvenir de la mort de son propre frère? Comment apaiser la douleur?

Quant à Candice, elle ne s'en tirait pas trop mal. En jetant un coup d'oeil sur les restes nauséabonds de Mèt Y, elle avait éclaté en sanglots. Maintenant que la chose était morte, elle retrouvait sa liberté. Pourtant, elle pleurait comme quelqu'un qui vient de perdre un frère. Je sais de quoi je parle: j'avais moi-même envie de fondre en larmes. Encore sous le choc, je n'arrivais pas à laisser libre cours à mon chagrin.

Reprenant le dessus, Candice nous a remerciés de l'avoir délivrée de l'emprise de Mèt Y. Elle nous a embrassés, chacun notre tour. Il m'a semblé que le baiser qu'elle m'a donné était plus long et fougueux que celui qu'elle a donné à Pierre. Si j'avais eu le coeur à la rivalité, je m'en serais réjoui.

Ce n'était pas le cas. J'avais mal en dedans, quelque chose s'était brisé. Je sentais se rouvrir d'antiques blessures que j'avais crues à jamais cicatrisées. Perdre Yannick une deuxième fois, pour toujours, et dans de telles circonstances… C'était dur, bon sang que c'était dur!

— Et l'autre oeil dans tout ça?

Pierre m'a pris ma veste de cuir. Il a glissé sa main sous le col, là où les coutures avaient cédé durant la bagarre, cet après-midi. Avec l'élégance d'un prestidigitateur, il en a ressorti l'oeil de verre en s'exclamant: «Tadam!» Après m'avoir rejoint dans la chambre au-dessus du *Délice des Tro-*

piques, il l'avait fourré dans la doublure de ma veste au moment de me serrer la nuque.

— Pourquoi tu ne me l'avais pas dit?

— J'ai pensé que ce serait mieux comme ça. Je n'avais aucun moyen de savoir si Mèt Y ne t'avait pas déjà asservi comme Candice. Dans ce cas, tu n'aurais rien pu lui cacher…

Je me suis rallié à la logique de ce raisonnement.

Derrière nous, l'oncle Bert et les policiers achevaient d'entasser les vlinbindingues menottés sur les banquettes arrière de leurs voitures et l'oncle Bert nous invitait à venir le rejoindre. Pierre lui a fait signe de patienter un moment, puis il m'a serré l'épaule.

— Ça va aller?

J'ai hoché la tête, sans conviction. Le niveau d'eau grimpait dangereusement entre mes paupières surchauffées. J'avais du mal à contenir mes sanglots. Pierre et Candice m'ont entouré de leurs bras, tendrement.

— Tu n'avais pas le choix, Stacey, a dit Candice pour me consoler.

— Ouais, je suppose…

Malgré ma peine, je ne pouvais m'empêcher de repenser à cette phrase de Mèt Y: Légion, nous étions ici bien avant la naissance de votre Christ. Légion… Cela signifiait que les deux entités n'étaient pas les seules, que peut-être en cet instant précis, ailleurs sur la planète, sévissaient d'autres créatures semblables…

Les images de violence dont nous abreuvaient constamment les journaux télévisés ont défilé dans mes pensées. Le souffle glacé de la nuit a coulé entre mes omoplates comme un glaçon en train de fondre.

Sans un mot, j'ai ôté l'oeil des mains de Pierre. Le globe de verre avait pris une texture rugueuse. Dans ma paume, je ne percevais plus ses pulsations.

Je l'ai laissé tomber et je l'ai écrasé sous mon talon.

Table des matières

Achevé d'imprimer
sur les presses de Litho Acme Inc.